有声读物

[英] 弗兰西斯·培根◎著　　王明军　齐思贤◎编译

PEIGEN SUIBI

培根随笔

微信扫一扫

点击关注　即可获得音频啦~

商务印书馆国际有限公司

图书在版编目（CIP）数据

培根随笔 / (英) 弗兰西斯 · 培根著 ; 王明军 , 齐思贤编译 . -- 北京 : 商务印书馆国际有限公司 , 2019.7
(大家天天读)
ISBN 978-7-5176-0686-4

Ⅰ . ①培… Ⅱ . ①弗… ②王… ③齐… Ⅲ . ①随笔—作品集—英国—中世纪 Ⅳ . ① I561.63

中国版本图书馆 CIP 数据核字 (2019) 第 089998 号

培根随笔

作　　者 [英] 弗兰西斯 · 培根
编　　译 王明军　齐思贤
责任编辑 李东晓
出版发行 商务印书馆国际有限公司
地　　址 北京市东城区史家胡同甲 24 号 （邮编：100010）
电　　话 010-65592876 (总编室)
010-65227580 (编辑部)
010-65598498 (市场营销部)
网　　址 www.cpi1993.com
经　　销 全国新华书店
印　　刷 三河市兴达印务有限公司
开　　本 710 mm × 1000 mm　1/16
字　　数 196 千字
印　　张 13
版　　次 2019 年 7 月第 1 版　2019 年 7 月第 1 次印刷
书　　号 ISBN 978-7-5176-0686-4
定　　价 28.00 元

书海导航

作者小传

《培根随笔》是英国哲学家、文学家弗兰西斯·培根创作的随笔集。

培根（1561—1626）生于伦敦一个新贵族家庭，自修获得律师资格并步入政界，几经波折后成为国家重臣，最后又因一桩受贿案被国会弹劾而免职。

培根在文艺复兴时期被尊称为哲学史和科学史上划时代的人物。马克思称他为“英国唯物主义和整个现代实验科学的真正始祖”。他崇尚科学、发展科学的进步思想和崇尚知识的进步口号，一直推动着社会的进步。他同时在逻辑学、美学、教育学方面提出过许多进步思想。著有《新工具》《论说文集》等。

内容简介

《培根随笔》包括《论真理》《论人之本性》《论爱情》《论父母与子女》《论逆境》等多篇随笔。

内容多为一些议论性质的短文，主要讲述培根在不同的角度看待事物的态度和想法，涉及政治、经济、宗教、爱情、婚姻、友谊、艺术、教育、伦理等诸多方面。其中《论读书》《论真理》《论嫉妒》《论死亡》《论美》等著名篇章，是培根文学方面的代表作，语言简洁、文笔优美、说理透彻、警句迭出，蕴含着培根的思想精华。

艺术特色

《培根随笔》在凸显人性追求的同时，所采用的构思手法值得后世借鉴。

第一，培根立意深邃，长于议论；谈论问题往往单刀直入，一语中的。

第二，善于旁征博引。无论是欧洲历史典故、名人事迹，还是宗教经典《圣经》，作者都能信手拈来，既增强了文章的说服力，又增添了文章的趣味性。

第三，善于推论说理。培根的文章，总是顺着他的思路走，处处体现着严密的思维、严谨的结构、精彩的议论、不容辩驳的逻辑力量。

第四，语言精妙。培根的语言充满哲理和形象的比喻。文章中的议论层层深入、精辟警策、句式整齐、朗朗上口，有诗一般的艺术效果。

第五，行文自然流畅。由于是随笔小品，作者下笔时当行则行，当止而止，文风清新自然，如行云流水，决无拖沓冗赘之感。

地位与影响

《培根随笔》是英国随笔文学的开山之作，在世界文学史上占据了重要的地位，其作品被译成多种文字出版，至今畅销不衰。1985 年被美国《生活》杂志评选为“人类有史以来的 20 种最佳书”之一；同年入选美国《优良读物指南》的推荐书目。

《培根随笔》历经四百年而不朽，体现了作者对人世生活的透彻理解，给诸多后人及学者以人生启示。作者以其敏锐的洞察力和对人生独到的见解把原本枯燥的理论写得生动有趣，使读者读起来易产生同理感。

目录
CONTENTS

◇ 一、真善之美 …… 001
◇ 二、人生之律 …… 010
◇ 三、至臻之情 …… 019
◇ 四、身侧之人 …… 031
◇ 五、生命之殇 …… 038
◇ 六、生活之慧 …… 045
◇ 七、金钱之术 …… 050
◇ 八、人性之陋 …… 061
◇ 九、自私之鄙 …… 074
◇ 十、处事之为 …… 085
◇ 十一、话语之智 …… 094
◇ 十二、成功之学 …… 103
◇ 十三、为臣之道 …… 113
◇ 十四、为君之学 …… 125
◇ 十五、治民之规 …… 139
◇ 十六、治国之道 …… 150
◇ 十七、得趣之处 …… 160

◇ 十八、怡然之乐 …… 171

◇ 十九、宗教之理 …… 178

◇ 二十、自然之化 …… 189

《培根随笔》读后感 …… 198

一、真善之美

论真理

“何为真理？”彼拉多戏谑〔用诙谐有趣的话开玩笑。谑：xuè〕问道，说罢又不愿等回答。〔出自《新约·约翰福音》第18章第38节：耶稣被犹太人送到犹太国总督彼拉多那里接受审判，耶稣称他来到世间是为了证明真理，彼拉多便问“何为真理”。彼拉多不愿审判甚至处死耶稣，想借逾越节的时机释放耶稣，但最后却不得不向邪恶势力低头。引用彼拉多的话作为开头，树立了人类在真理面前的怯懦形象。〕

世上总有意志不坚之人，他们把对信仰的坚守看作是对自我的束缚，故而追求思想和行为上的自由。这类学派的哲学家们早已成为历史，不过后世仍有论调与之类似的文人，他们与先贤观点一致，但却比先贤少了些血性。

世人青睐假象，除了因为追寻真理时会遭遇坎坷，担心发现真理后会束缚思想外，更多的是缘于人类天生的劣根性——对假象本身的偏爱。希腊晚期学派的哲人卢奇安曾对“世人为何青睐假象”这一问题做过研究，却一度陷入思维僵局：诗人好诗是为了取乐，商人好商是为了逐利，世人好假却仅仅是因为假象本身。〔哲人的研究恰好印证了前文中世人青睐假象“更多的是源于人类天生的劣根性”这一说法，原来人类对假象天生喜爱竟让哲人都为之困惑不解，可见人性之复杂。〕而这个问题的原因笔者也无从得知。不过真理正像不加遮掩的日光，但要是用来装点庄丽典雅的假面舞会、歌剧表演和庆祝盛典等，日光却也比不上烛火。〔赤裸裸的真理总会暴露出浮华和虚假。〕而在世人看来，真理或许如日光下的珍珠一般耀眼，却无法像钻石和红玉那样，在任何光下都璀璨夺目；可见掺假之物总能为世人增添几分满足感。倘若要从世人的头脑中剔除掉那些枉然的想法、虚妄的希冀、矫饰〔造作夸饰，掩盖真相。〕的评价以及凭空的猜想，那世人脑中除了忧郁与自厌，还会剩下什么呢?

先哲曾言，诗歌是“魔鬼之酒”。〔圣哲罗姆和圣奥古斯丁分别有“诗乃魔鬼之食”和“诗乃谬误之酒”的说法，作者在此取二者合意。〕诚然，诗歌能满足世人的想象，但它本身却不过是虚幻的影子。真正有害的并非掠过脑际的幻象，而是根植于人心的虚假。〔幻象只能骗人一时，人偏爱假象的本性却可骗人一世。〕尽管这种虚假已深入到世人腐化的思想情感之中，真理仍教导着世人要探寻真理，认识真理，信仰真理，如此才使人性至善至美。

上帝创世之初，先造出感性之光，后创出理性之光。此后，上帝在安息日以神灵昭示世人，将光明洒向混沌，洒向子民，洒向人间。〔《旧约·创世纪》第 1 章第 1—5 节中描述上帝创世第一日，把光分开，形成日夜，这是感性之光。第 27 节中描述上帝按照自己的形象造人，这是理性之光。第 2 章描述上帝创世第七日，一切完工，他便将第七日定为圣日，并在这一天安息了。〕有位诗人曾说：“驻足岸边，观海上船颠，实属平生快事；伫立窗前，睹两军激战，亦为人生一乐。然而，人生至乐却莫过于攀登清新纯净的真理之巅，俯瞰深谷中的谬误彷徨与迷雾风暴。”❶不过观此景者还须心存怜悯而非自鸣得意。

当然，如若世人的思想能以仁慈为源、以天意为据、以真理为核，那即使身居尘世也恍如天堂了。

当探讨的话题从神学和哲学意义上的真理转向世俗生活中的诚信时，就连那些不信奉真理的人也不得不承认：处事坦率磊落是人性之尊，为人虚伪恰如金银合铸的货币，虽铸造容易，品质成色却大打折扣。这些不正当行为好比无足的蛇，只能靠肚腹卑微前行。❷ 而最羞耻的行径莫过于背信弃义后被人识破。在考究谎言缘何令人蒙羞至此时，蒙田说得颇有道理：“谎言直面上帝而回避世人。仔细掂量，若一个人说谎，此人则是勇于直面上帝却怯于面对世人。”这话十分有见地。谎言是钟声，它呼唤上帝对世人做出最终审判。因此早有预言：基督回归之时，世间已无诚信可言。

[《新约·路加福音》第18章第8节中写道：“我告诉你们，要快快地给他们伸冤了，然而人子来的时候，遇得见世上有信德吗？”此处化用以表达对世间谎言横行现状的不满，以及对诚信的呼唤。]

论善与性善

于笔者看来，“善”远比现在人们常说的“人道”蕴涵丰富。“善”饱含造福人类的祈愿，即

MINGSHI DAODU

名师导读

❶ 此位诗人即卢克莱修，罗马诗人和哲学家，他阐述并发展了伊壁鸠鲁学派的哲学观点。卢克莱修以哲理长诗《物性论》著称于世，文中的话就是出于此诗。作者在此处引用此句，意在说明探寻真理对人生的意义。

❷《旧约·创世纪》第3章描述，蛇引诱人类始祖亚当和夏娃偷吃禁果，上帝发现后惩罚蛇用肚腹行进，终生吃土。以蛇作比，意在突出虚伪狡诈行为的可鄙。

古希腊人所称道的仁爱之心。“善”是一种习性，“性善”则为一种倾向。在人类所有的品德中，“善”是至高至伟的，因为善乃上帝的品性。如果没有了善，人类将变得碌碌无为〔平平庸庸，无所作为。〕、百无一用、招人厌烦，像害虫一样劣迹斑斑。

“善”的含义与神学〔此处指神学三德，即基督教徒应具备的三德：信、望、爱。爱即“博爱”。〕中的“博爱”大抵一致；善意或许可以被误施，但绝对不会过度。权欲过度令天使堕落，求知欲过度令人类堕落，而博爱却不会过度，所以天使和人类都不会因此受到伤害。❶

善的品质根植于人性之中，因此一个人即便不对人类行善，也会对其他动物行善。土耳其人正是这一说法的最好佐证。土耳其被认为是个残暴的民族，可他们对待飞禽走兽却颇为仁慈，甚至还会为野狗和野鸟提供食物。据布斯贝克〔法国人，16 世纪的一位佛兰德语作家，曾担任哈布斯堡王朝驻君士坦丁堡的大使。〕所述，一名年轻的基督教徒曾在君士坦丁堡以一只鸟取乐，往它的长喙〔长嘴。喙：huì〕里乱塞东西，结果险些被人用乱石砸死。

不可否认，人类有时会在行善的过程中犯错。意大利有句谚语：如果对任何人都行善，那将无善可言。意大利学者尼古拉·马基雅维利〔意大

MINGSHI DAODU
名师导读

❶ 天使堕落：撒旦率领三分之一的天使反叛，挑战上帝的权威，因而被逐出天国。人类堕落：人类始祖亚当和夏娃受蛇的引诱违背上帝的命令吃了伊甸园中知识树上的禁果，而被上帝惩罚。追求权力和知识固然是好事，可一旦过度竟会带来如此大的伤害，然而善意却从未也不会因过度而给天使和世人带来伤害。

❷ 这是《伊索寓言》中《公鸡与宝玉》的故事，讲述一只公鸡在田野里为母鸡寻找粮食时发现了一块宝玉，便对宝玉说：“如果是你的主人找到你，他会非常珍惜地把你带回家，但我发现你却毫无用处。如果让我得到很多宝玉，还不如让我得到一粒麦子好。”故事告诉我们，只有自己需要的，才是最珍贵的。将故事放于文中来看，意即不要将别人不想要的善意施予对方。

利政治思想家和历史学家，其思想常被概括为马基雅维利主义。其代表作品有《君主论》《论李维》等。〕则拿起笔杆，大胆直白地写道：“基督教的信仰把善者俘获，将他们献给了残暴之人。”〔语出马基雅维利的《论李维》，此书中涉及他对基督教的批判。〕马基雅维利之所以这样写，是因为的确不曾有任何法律、教派或是信仰会像基督教这般教人行善。〔意即不可没有原则地对任何人都行善。〕所以，要想规避上述毁谤和风险，最好要了解怎样才能不误行善举。可以找寻机会造福他人，但切忌看对方脸色行事，因为这是懦弱与顺从的表现，会使诚实善良的人束手束脚。也不要将宝玉送给伊索的那只公鸡，相比之下，一颗麦粒可能会让它更开心。❷

上帝本身就是最好的典范：他创造太阳，照耀好人，也照耀坏人；他降下雨水，润泽善人，也润泽恶人。上帝同样播撒财富、荣耀和美德，却从不将它们均分给芸芸众生，只因一般恩泽可以众生共享，但是特殊的恩赐则要有所选择。还有一点要注意，不要为了画肖像而毁掉原型，因为上帝明示爱他人只是摹画肖像，爱自己才是真正的原型。〔意即不要为了“爱他人”而全然不顾自我。〕耶稣说：“把你的财物统统卖掉，将钱送给穷人，然后跟我走。”除非你真得神召，可以用小钱行大善，否则还是不要轻易变卖家产，不然就是在竭尽小河细流以倾注汪洋大海。

有些人靠真理教化修习善性，而也有些人与生俱来便有向善的潜质。与此同时，有些人天生爱作恶，他们生来不愿与人为善，更遑论〔谈不上。遑：huáng〕造福人类。恶行轻者，最多脾气暴躁、鲁莽好斗又固执任性；而恶行重者，则常常妒火中烧，危及旁人。这般恶行之人似乎都以他人的不幸为乐，因此总喜欢落井下石；他们甚至连替拉撒路舔疮的狗〔《新约·路加福音》第16章中描述，有一个名叫拉撒路的讨饭人，浑身生疮，被人放在财主门口，得财主桌子上掉下来的零碎充饥，狗也来舔他的疮。此处运用对比，表示狗尚且能行善，而人却不能。〕都不如，更像是围着伤口嗡嗡作响的苍蝇。这些憎恶他人之辈专爱引人上吊，却又不如泰门，起码泰门还会在花园里种上供人上吊的树。❶ 如此恶性确是人性一大败笔，但却是塑造优秀政客的良好素材，正如弯曲的木材虽不适宜建造稳固结实的房屋，却适合制造用于在风浪中颠簸的船只。

善富于变化，形式多样。如果一个人对陌生人谦恭有礼，则说明此人乃是四海为家，他的心不是海上的孤岛，而是一片与大陆相连的土地；如果一个人对他人的苦难心生同情，则说明他的心像一棵高贵的树，甘愿牺牲自我为他人贡献香膏；如果一个人对他人的冒犯加以宽容，则说明他的心早已超越了伤害，也就不会再受伤了〔正如所谓的超然物外，如果一个人都不把伤害放在心上，又何惧受伤？〕；如果一个人对滴水之恩以涌泉相报，则说明他看重的是人情而非财物。最重要的是，如果一个人能像圣·保罗一样完美，可以为了自己的兄弟们赴汤蹈火〔沸水敢蹚，烈火敢踏。比喻不避艰险，奋勇向前。〕，哪怕与基督分离承受诅咒也在所不惜，那么他就已然具备了基督的神性。❷

论美

美德好比宝石，就像镶嵌自然的宝石最美，美德至善之人也无须相貌俊美，体态优雅和举止出众才是关键。〔以宝石为喻，说明美德至善的关键在于优雅的体态和大方的气质。这也是全文的中心论点。〕

世间至美至善之人的确罕见，就好像是造物主一心为避免出错，不愿多费力气造出这样的人似的。由此推测，那些容貌至美者也大多德行不善，只重其形象而不修其德行。然而此言并非全然正确，你看那古罗马的奥古斯都和韦斯帕芗、法兰西国王腓力四世、英格兰国王爱德华四世、古雅典将军亚西比德，以及伊朗国王伊斯迈尔一世等盖世伟人，他们不也是难得一见的美男子吗？〔先设论——容貌至美者不修德行，后驳论——举例论证至美之人中不乏德行至善者。这看似自相矛盾的举动实则恰恰有力地论证了美德与美貌可共存。〕

仅就美而言，粉墨装扮不如天生容色，举止得体又胜过自然容颜。得体的举止至雅至美，非笔墨所能描绘，非初见便能识得。绝色之人的身材比例定也是完美的。绘画人像时，阿佩利斯〔古希腊名画家。〕取众多面孔最美之处，将其一股脑儿地集中于一张脸上，而丢勒〔德国画家、版画家及木版画设计家。〕则是只按一定几何比例来画。此两者之为的滑稽可笑程度，难分上下；只怕除了画家本人，谁也不会喜欢这种画像。不可否认，画家确实能描绘出比真人更美丽的容颜，凭借的却并不是所谓的规则和尺度，而是要靠时机和好运气，正如音乐家得靠灵感才能谱出美妙之曲一样。❸还有那么一些人，对其仔细端详，他们的五官每个都不出色，但合在一起却相得益彰〔指事物互相配合，其长处和作用更能显示出来。〕。

“美人迟暮〔比喻人的晚年。〕亦美人”，

MINGSHI DAODU

名师导读

❶泰门是莎士比亚的最后一部悲剧《雅典的泰门》中的主人公。该剧中雅典贵族泰门生性豪爽、乐善好施，于是许多人乘机前来骗取钱财，后来导致其倾家荡产，“朋友们”纷纷离他而去，最后泰门在绝望中孤独死去。剧中第五章，泰门曾宣称自己有一棵树即将被砍，有人愿意解除痛苦便可尽快来此自缢。

❷《新约·罗马书》第9章第3节中写道：“为我弟兄，我骨肉之亲，就是自己被咒诅，与基督分离，我也愿意。”此处运用圣·保罗（早期基督教领袖之一）的典故，意在说明人之至善须要牺牲。

❸通过上述两个画家的对比，再加上音乐家谱曲的类比，充分有力地论证了画家描绘出绝色容颜之不易，以及需要好时机。

加之优雅举止才是美之关键，故而年长者会比年轻人更美；但年岁上的青春并不能补足举止上的欠缺，德行不佳的年轻人也谈不上美。美如盛夏之鲜果，易腐烂难保存；美往往还会使年轻人轻佻〔言语举动不庄重、不严肃。佻：tiāo〕放荡，使年老者羞愧难当。不过有一点毋庸置疑，那就是美貌若附于德善之人，善举便能熠熠生辉，恶行就会羞赧〔形容非常羞愧。赧：nǎn〕而遁。〔以鲜果作比，形象地说明了美貌会随时间而失色；青年与老年的对比，说明美貌给不同阶段的人带来的不同负面影响；最后以善举和恶行的对比，说明只有附于善举的美貌才更有价值。〕

名师赏析 MINGSHI SHANGXI

“真、善、美”历来为人们所称道。不过在真理面前，渺小的人类露了怯。因在更深层的潜意识里，人类不敢面对暴露在真理下的丑陋或罪恶，于是自欺欺人地选择相信假象。然而善却是根植于人性之中的品质，只是人类不可避免地会在行善中犯些错误。善性虽是与生俱来的特性，却也可以靠后天的真理来修习。对于美，虽然至善至美之人罕见，但其实美德才是一个人的美之关键。美貌会因时间而褪色，美德却会随时间而更加熠熠生辉。真、善、美，这三者的关系紧密相连、相辅相成，理应为处世之原则。

好词好句 HAOCI HAOJU

戏谑　矫饰　碌碌无为　逞论　赴汤蹈火　相得益彰　迟暮
轻佻　羞赧

仅就美而言，粉墨装扮不如天生容色，举止得体又胜过自然容颜。

延伸思考 YANSHEN SIKAO

1. 何为真理？这个亘古不变的问题是否也引起了你的思考？从《论真理》中你能发现哲学上的真理与生活中的诚信有什么关系吗？
2. 你了解真正的行善之道吗？在读《论善与性善》之前，你对“善”是怎么看的呢？
3. 如何理解《论美》中的最后一句话“善举便能熠熠生辉，恶行就会羞赧而遁”？

二、人生之律

论人之本性

人之本性往往含而不露，可以被压抑，却难以被改变。对本性而言，强行压制只会适得其反，说教劝导也只算干预约束，只有习惯才能真正做到抑制或是改变。

如果想要彻底改变本性，对自己的要求就应当适中，要求过高易遭挫败而灰心，过低又太简单易止步不前。正如初学游泳时得借漂浮物之力一样，在培养新习惯之初也可以找寻一些帮助；但过一段时间就需要换到逆境中修习，就好像舞者练舞时会故意穿上厚底鞋一样，练习时加大难度，真正上场时效果就会更好。

如果本性实在不易动摇，改变的过程就得循序渐进：首先要学会及时克制天性，就像快生气的时候，默念二十四个字母〔现代字母表中有26个字母，但在培根时代，英语字母i和j、u和v没有区别，因此字母表中只有24个字母。在西方，有“发怒时默念字母表以缓解怒气”这一说法。〕压抑怒火一样；然后要减少本性发作的频率，就像戒酒一样，要在喝酒的量上逐渐减少，由一杯慢慢减到一口；最后，一口气戒个干干净净。但若是具备全然的决心与毅力，一次就能脱胎换骨〔比喻痛改前非，重新做人。〕，那便再好不过，正如名句：

"最好的心灵解放者才能断然砸碎束缚心灵的枷锁，从此再无烦恼。"

古人认为"矫枉不过正〔原成语：矫枉过正。指把弯的东西扳正，又歪到了另一边；比喻纠正错误超过了应有的限度。在这里改用其意。〕"亦不失为一种好方法，可以用截然相反的习性去矫正原本的陋习，但前提是矫正后的习性并非恶习。

凡事都不好一蹴而就〔比喻事情轻而易举，一下子就成功。蹴：cù〕，培养新习性也不能一气呵成，过程须有所停歇。这种间歇的目的有二：其一，在停顿期间可进行反省和巩固；其二，避免不良习惯伴着新习性形成。本性可以长期潜伏，一经诱惑便可能再次显现，所以也不可过于自信，相信自己一定能摆脱旧习。《伊索寓言》中那位由猫变成的姑娘虽能暂时安静闲坐桌旁，可一见到老鼠不还是变回原形了吗？❶故而，想彻底戒除旧习，要么避开诱因，要么多与之打交道，习以为常之后便可不受影响。一人独处之时、情感冲动之际以及处于新环境之中时，都是人之本性最易显现的时刻，因为独处时不用装腔作势，冲动时也可无所顾忌，新环境中旧习也不能沿用。

在职业方面，本性能与职业相符之人实在幸运，而本性与职业背道而驰之人则会悲叹：吾之灵魂只能久久地仰人鼻息。❷在学习方面，学习

MINGSHI DAODU

名师导读

❶ 这是《伊索寓言》中的《猫和爱神》故事，主要讲述钟情于一个年轻小伙子的母猫求助爱神将自己变成小伙子心目中的姑娘，两人相爱结婚。但是有一天姑娘看到爱神变化出的老鼠，便立刻扑了上去，爱神见状便将姑娘又变回了猫。引用此例重在论证诱惑出现可激发本性，故不能太自信可以摆脱旧习。

❷《旧约·诗篇》第120章第7—8节中写道："我与那憎恶和睦的人同住许久。我爱好和平，但我一发言，他们就要争战。"在此化用来表明如果自己选择的职业与自己的本性恰恰相反，就将饱受折磨。

MINGSHI DAODU
名师导读

❶ 修士克列孟刺杀了法王亨利三世；拉瓦莱克刺杀了法王亨利四世；若雷吉刺杀奥兰治亲王威廉未遂，但威廉遭到重创；杰拉德在若雷吉之后刺杀了威廉。这些都是非职业的刺客。

❷ 为了考验儿童的忍耐力，斯巴达的男童每年都必须经受一次严厉的鞭笞，只有那些咬紧牙关、面无惧色的人才能成为合格者。

与自己本性相符的东西，只要顺其自然地将自己的精力和注意力放在上面即可，无须做过多规定。如果强迫自己学习不适合自己本性的东西，就必须要规定时间。

人之本性可长出芳草，也可长出杂草，因此应适时灌溉芳草并且及时修剪杂草。〔天性发育完善的过程就好像是生根的植物成长的过程，期间难免会有杂草露头，如果能把握住浇灌和除草的时机，植物才能茁壮成长，天性的完善亦是如此。〕

论习惯与教育

人之思维方式取决于性格特征，其言论内容取决于学识和观点，而其处事方式则取决于长期养成的习惯。〔言语是思维的外在表现，处事又是言谈的集合形成，排比层层深入，可见习惯的重大意义。〕故而可知，尽管是在谈论刺杀君主这一不义之事，马基雅维利所言仍不失为至理名言，“性格再坚韧，言辞再精妙，只要未形成长期的习惯，都是没用的。”这句话的意思便是，欲图大谋，不能仅靠性格残暴或者豪言一时的刺客，应该选用双手已沾满鲜血的杀手。虽然马基雅维利不知道还会有克列孟、拉瓦莱克、若雷吉、杰拉德这些非职业杀手著名刺客的出现，但是他的话仍不失道理。❶性格的力量确实比不上习惯，不过誓言的力量早已今非昔比。如今对宗教信仰的狂热空前绝后〔形容非凡的盛况。〕，从未有过杀孽的人也能像屠夫一样毫不手软地举起长刀；在进行暗杀行刺这件事上，誓言与习惯的力量已不分轩轾〔不分高下、轻重。轩轾：xuān zhì〕。至于在其他事物上，习惯的把控作用还是显而易见的，更甚者，还会有人在宣誓、抗议、许诺和夸口后依然故我，好似没有生气的木偶或是机器，全靠习惯之轮才有前进的驱力，想来真是令人大跌眼镜〔指对出乎意料的结果或不可思议的事物感到非常惊讶。〕。

实际上，还有一些习惯导致的专横以及凭习惯进行的统治。印度的一些苦行者会静卧于柴堆上，燃起大火自焚以献祭，他们的妻子竟也迫不及待地想与他们一同葬身火海。古代斯巴达的男童经常在狄安娜祭坛上受鞭笞〔用鞭子打。笞：chī〕之刑，却无半分畏惧之意。❷在伊丽莎白女王时代，一位被判死刑的爱尔兰叛逆者曾向总督提出请求，对他施绞刑时用藤条而不用绞索，因为在爱尔兰的惯例中，施绞刑时使用藤条。俄罗斯东正教的教徒为了赎罪宁愿在冷水中坐上一整夜，直到把身体冻住。习俗惯例对人的精神和身体作用之强大可见一斑〔比喻见到事物的一少部分也能推知事物的整体。〕，而类如以上的例子更是俯拾皆是〔只要低下头来捡取，到处都是。形容多而易得。〕。由此观之，人既然能被习惯主宰生活，又有什么理由不努力去养成好习惯呢？

毫无疑问，少年时养成的习惯是最好的。其实后人的所谓教育，不过是人们早年养成的习惯。众人皆知，少年时之所以能更快地习得语言、学会各种运动技艺，就是因为在这段时期，人们的舌头、四肢和关节都更灵活。不可否认，在这些方面成人确实比不上少年，虽确有才智超群且善于纳新的成人存在，但毕竟还是少数。

如果个体的习惯力量已不容小觑，那么集体的习惯力量则更强大无比。要知道，在集体中，还有同伴给予鼓励，对手施以鞭策，榜样提供引导，荣誉带来激励，因此习惯的力量可达到无可比拟的效果。〔罗列集体中给人力量的存在，以突出集体里的习惯力量之强大。〕

毋庸置疑，要想增加人性的优点，各社会团体就要严明纪律、健全规章。因为国家和政府只能浇灌种子，不能把所有种子都变为美德之种。而现实却是，本应是培育美德的最佳方式却被用在错误的目标上了，实为可悲。❶

论青年与老年

如果没有任凭时光空度，少年老成也未必不行，不过这样的情况确实少见。正如在年龄上有青年时代一说，在思想上也有幼稚阶段一谈；通常而言，青年就好比在某事上形成的最初想法，而深思熟虑所得的见解才更明智。

不过与年长者相比，年轻人在创造方面更富活力，像是更多地受到了神灵的启迪一样，总有各种想象源源不断地涌进他们的头脑中。那些热情放恣〔放纵任性。恣：zì〕、欲望强烈且性情暴躁的人，往往都是要过了中年时期才能有所建树。在评价塞维鲁时，有人这样说道："他年轻时放浪形骸〔指行动不受世俗礼节的束缚。骸：hái〕、落拓不羁〔形容人性情豪放，行为散漫。〕，却是所有罗马皇帝中最精明能干的一个。"不仅塞维鲁是这样，恺撒也是此理之明证。反观性情稳重之人，他们在年轻时就都能大显身手且有所作为了，比如奥古斯都、托斯卡纳大公科西莫、加斯东等等。〔塞维鲁，来自非洲的罗马皇帝，到48岁才当上皇帝。恺撒，杰出的军事统帅、政治家，是罗马帝国的奠基者，到53岁才打败对手庞培，开始了自己的独裁统治。奥古斯都（屋大维），33 岁时就被确认为“终身保民官”，开始了对罗马帝国的统治，被元老院赐封为“奥古斯都”（意为神圣伟大）。科西莫在 18 岁时就担任了佛罗伦萨公爵，50 岁成为托斯卡纳大公。加斯东，法国内穆尔公爵，意大利战争时期的名将，年纪轻轻就任统帅的他极具军事家的魄力。〕

在另一方面，老年时的热忱〔热心，热衷。忱：chén〕和活力也有助于成就大业。年轻人更适合发明创造而非辨别判断，更适合执行任务而非谋划决策，更适合改良新措而非旧俗陈规；年长者则是经验老练，对不熟悉的新事物可能会失误，但对经验之内的事一定是驾轻就熟。年轻人犯的错误可能会让之前的努力都付之东流，但年长者的失误最多也就是降低做事的效率。

至于在办事方面，年轻人总是好高骛远〔比喻不切实际地追求过高过远的目标。骛：wù〕并且急功近利，他们不遗余力〔把全部力量都使出来，一点不保留。〕地将事情全都兜揽过来，在还未得方法要领时就开始操办，并且也不太遵循原则，有时还会因贸然革新而招致不必要的麻烦；纠正错误时极易偏激，极端的手段又会导致错上加错，却还执迷不悟、不知悔改，他们就像训练无方的马，不知何时该停步，也不知何时应回头。而在这一点上，年长者则是顾虑太多，议事太久，

MINGSHI DAODU

名师导读

❶ 在培根时代，作为培育美德及良好习惯的学校等组织没有发挥其真正功效。以议论结尾，升华主旨的同时又引人深思。

冒险太少，后悔太快，执行力不够以致办事时拖泥带水、事情无法彻底解决，还总是对事情的平庸结果感到心满意足。❶ 由此观之，应当是老少兼用，以老少双方的优点去弥补各自的不足，才能保证眼下办事的效果；这种用人之道在今后亦不乏益处，因为年轻人可在做事方面多向年长者学习，从而改正自己的不足之处。在处理民间事务上，老少合力也不失为良策，因为年长者德高望重，年轻人受人欢迎；在道德风俗方面，年轻人应当主导；在谋划政务方面，年长者更有优势。《圣经》上说：“老年人要做异梦，而年轻人要见异象。”〔出自《新约·使徒行传》第 2 章第 17 节。“异梦”终究是梦中之景，而“异象”才是现实，现实总要比梦境来得更为真切。〕与异梦相比，异象是一种更清楚的启示，这正表明年轻人比年长者离上帝更近。人生在世恰如饮酒，酒越饮越醉，人在这世上活得越久，也就在这世俗中陷得越深。因而年岁只能加深人对世俗的理解，提高人处世的能力，并不能增强人的美德。

那些年少而老成持重〔办事老练稳重，不轻举妄动。〕之人，往往都要经历早熟又早衰的痛苦。这种人可分为三类。其一，年少颖悟绝伦〔聪明过人。〕，不久后便才情枯竭。修辞学家赫摩吉尼斯正是这样，早年他妙笔生花，写出精妙的修辞

MINGSHI DAODU
名师导读

❶ 以做事情的逻辑顺序来分别论述年轻人和老年人办事的不足之处，条理清晰，一气呵成。

❷ 大西庇阿，古罗马统帅和政治家，少年从戎，随父参加两场战争并表现出胆识过人的一面，然后作为军团长参加了著名的坎尼会战，之后以绝对优势结束了第二次布匿战争并因此获得“非洲征服者”的称号。晚年少有建树，后来隐居直至逝世。

学著作，但后来就逐渐愚笨了。其二，具备某些天生气质，不过这些气质只能在年少时为其增色，年老时便成为赘余。正如舌灿莲花〔形容人口才好，口齿伶俐，能言善道，有如莲花般的美妙。〕和伶牙俐齿之才在年轻时适用，到老年时便招人不耐，所以西塞罗这样评论霍廷西乌斯〔古罗马律师及雄辩家，曾在“维列斯审判”中与西塞罗对峙。〕：“他风格依旧，只是这样已不适合如今的他了。”其三，年轻时就大有建树，名声过高以致后来难以为继。所以李维评论大西庇阿时说：“他晚年的作为大不如其早年的战功。”❷

名师赏析 MINGSHI SHANGXI

都说江山易改，本性难移，然而即使最难动摇的本性也有改变的方法——习惯。但要记住不论是抑制坏习性还是培养好习性，都须要循序渐进，不可急于求成。物极必反，习惯的作用固然强大到可以改变天性，却也能带来负面影响。在这一方面，就应该用教育去培育美德，戒除陈规恶习。教育的最佳阶段是青年，因为人们在这段时期头脑更灵活。但为人处世方面，青年人与老年人却各有各的不足，二者之长结合起来才能使效率最佳。

好词好句 HAOCI HAOJU

脱胎换骨　一蹴而就　空前绝后　不分轩轾　大跌眼镜　鞭笞

可见一斑　俯拾皆是　放恣　放浪形骸　落拓不羁　热忱　好高骛远

老成持重　颖悟绝伦　舌灿莲花

在集体中，还有同伴给予鼓励，对手施以鞭策，榜样提供引导，荣誉带来激励，因此习惯的力量可达到无可比拟的效果。

延伸思考 YANSHEN SIKAO

1.《论人之本性》中为什么说“人之本性往往含而不露”？结合实际情况，怎么理解这句话?

2. 阅读《论习惯与教育》不难发现“习惯就是力量”，在生活或学习中你有什么好习惯呢?

3. 回想一下《论青年与老年》中讲的青年的长处和不足，有哪些是跟自己的情况一样的?

三、至臻之情

论爱情

舞台上的爱情要比生活中的来得更美好。舞台上，爱情只偶有悲剧收场，大多以喜剧结尾。而生活中，爱情却时如惑人海妖〔海妖，即海妖赛壬，在神话中被塑造成一名人面鸟身的海妖，飞翔在大海上，拥有天籁般的歌喉，常用歌声诱惑过路的航海者而使航船触礁沉没。〕，时似复仇女神，为人招来祸患。〔本段用表演与生活作比，用神话人物为喻，点出爱情的特点：诱惑。〕

纵观古今，留名青史的伟人罕有为爱情折腰之辈。可见崇高精神与宏图伟业足以抵挡这脆弱情感带给人的欲望。而罗马大将安东尼和前罗马执政官、立法官克劳狄两人却是例外：前者是纵欲无度的酒色之徒，却成为大半个罗马的统治者；后者是朴素严谨的明智之士，却因色欲熏心招致杀身之祸。〔马克·安东尼，古罗马政治家和军事家，是恺撒最重要的军队指挥官和管理人员之一。因迷恋埃及女王克利奥帕特拉七世，安东尼丧失国内的有力支持，被剥夺职务以及一切权力，最终自刎。阿庇乌斯·克劳狄，罗马共和国时代政治家，担任过监察官，主导制定了著名的《十二铜表法》。克劳狄曾因企图霸占一个平民出身的姑娘维尔吉妮亚而招致杀身之祸，卢浮宫名画《维尔吉妮亚之死》就反映了这一故事。两者作为反例，说明即便是创下宏图伟业之人也可能为爱情折腰。〕可见，不仅打开的心门易被爱情踏足，森严的心扉稍有不慎也会被爱情闯入。

伊壁鸠鲁〔古希腊哲学家，伊壁鸠鲁学派的创始人。他的学说的主要宗旨就是要达到不受干扰的宁静状态，并要学会享乐。〕有句粗话：“在旁人眼中，每个人都是一部戏。”仿佛人类虽然生来就能凝视苍穹万物，却应当什么也不做，只该臣服在一个小小偶像面前，成为其奴仆。而这还不是出于动物果腹的本能，只是为一饱眼福。但是，人类的眼睛本是用来瞻仰更崇高的事物的，如今横加滥用，却失去了对事物本质内涵的观察力，也让人觉得不可思议。由此可见，爱情中常会出现溢美之词，但它们仅适于此，而不能推及其他。有这样一句格言：“在诸多人的阿谀奉承中，人们最爱听的总是对于自己的。”此话却并不适用于情侣，毕竟情人荒唐的恭维总会超出人的自我认知。可见有句话说得更好：“爱恋与理智不能共存。”不过除非恋爱双方都沉迷其中，不然对此看得最清的却不是旁观者，反倒是被爱的人。

爱情总会有回应，不是得到倾慕者的爱恋，就是等到被爱者的轻蔑。由此可见，对待爱情要格外慎重，因为它不仅会让人一无所有，还会令人迷失自我。至于其他方面的损失，那首著名史诗早有绝佳的描述：特洛伊王子钟情于海伦，选择放弃赫拉和雅典娜的礼物。〔这里指的是希腊神话中著名的“帕里斯的裁判”。天后赫拉、智慧女神雅典娜以及爱与美之女神维纳斯互相争美，请特洛伊王子帕里斯替她们裁决，三女神分别以财富、智慧和天下最美之女人行贿，帕里斯选择了维纳斯的“爱”的礼物，赢得了美女海伦，随后与海伦私奔，导致了特洛伊战争。〕可见过于重视爱情的人往往会甘愿舍弃财富和智慧。

爱情泛滥之际往往是人类情感最脆弱的时候——不是好运连连，就是倒霉透顶。这两种情况下，爱欲之火一点即燃，而且愈燃愈烈，足见爱情是愚蠢之果。如果一个人心中确有所爱，最妥帖的做法是，理智待之并将其与生活要事分开。因为一个人若任由爱情干扰事业，便会使前途不顺，再难实现目标。

不知为何，军人总易深陷情海，大概就像他们容易沾染酒瘾一样，与危险相伴的人总是要行乐来犒劳自己。

人皆有爱人的天性，若没有特定的对象，便会将这种爱洒向众生，感化他人，修道士有时便是如此。

夫妻之爱使人类得以繁衍，朋友之爱使人类臻于完美，放纵之爱却使人类堕落粗俗。

论友谊

“享受孤独的只有野兽和神灵。”此话用寥寥数笔便高明地将真理与谬误一并道出。因为一个人若是天生对人群有一种暗暗的憎恶与反感，那么这类人无疑会有些兽性。但如果说他们有神性就会略显荒谬，除非这种憎恶之感不是为了独处作乐，而是为了更高层次的灵性追求。传说中，有些异教徒常装作有此追求，像是克里特岛人埃庇米尼得斯、古罗马国王努玛、西西里人恩培多克勒、蒂亚娜人阿波罗尼奥斯等，而现实中则多见于古代隐士和教会长老等人。❶ 但少有世人懂得何为孤独，更不了解孤独遍及之广。

MINGSHI DAODU
名师导读

❶ 埃庇米尼得斯，克里特哲学家、预言家，著名作家。相传他从一场长达57年的神奇睡眠中醒来后便获得了预言的能力。努玛是罗马国王，不过在努玛还是萨宾国王女婿的时候，因不希望卷入权力之争而选择和妻子隐居在小村庄过着朴素和幸福的生活。恩培多克勒是古希腊哲学家。传说，他曾宣布有朝一日自己会升天成神，后来为了可以使人相信他的预言而跳入了埃特纳火山口。阿波罗尼奥斯，雄辩家和政治家，相传阿波罗尼奥斯有超感觉知觉（俗称“第六感”），曾在以弗所（土耳其城市）预言到罗马暴君图密善的遇刺；另有人评价阿波罗尼奥斯为“流浪的苦行僧”。这些传说中的“异教徒们”或真或假地对生活有崇高的追求，现实中的隐士们和神父却大都是真有这种追求。

在缺乏爱的地方，人潮人海中无一个伙伴，一张张面孔不过是陈列在画廊的肖像，交流对话也只是铙钹〔寺院法会时所用法器之一。铙与钹原为两种不同的乐器，后来混而并称为铙钹。铙钹：náo bó〕作声。有句精辟的拉丁语格言揭示了这一情形：每座城市都是一片荒野。因为在大都市里，朋友都很分散，不像小镇上有密切往来的交情。由此可以断定的是，没有朋友才是最彻底而可悲的孤独，因为没有真正的朋友，世界便是一片荒野。基于这种意义来讨论孤独，可知若有人天生性情不适合交友，那么这天性也并非出自人性而是兽性。❶

友谊有一大主要功效，就是使人心中的积郁得以宣泄。各种情感都会给人的内心带来影响，在此过程中逐渐沉积下来的郁闷最有害。沙土可解肝郁，铁剂可健脾脏，硫黄粉可治肺气不宣，海狸香可以活脑宁神，但若论舒解心病，却只能依靠真正的朋友。〔纵有百味药材可以医治身体不适之症，然心病还须心药医——友谊正是舒缓心病的良方。〕人们可以如忏悔一般，向挚友吐露心声，倾诉忧愁、恐惧、欢乐、希望、猜忌、忠告，乃至任何需要宣泄的情感。

对友谊这种功效的重视，君主们的做法远超世人的想象，他们为了求得一挚友知己，哪

MINGSHI DAODU
名师导读

❶ 以荒野作喻，生动传神地写出了生活若缺乏友谊则显得了无生机，因而人类社会需要友谊支撑，如有人不爱交友，则可见其人性之不足。

❷ 苏拉，古罗马政治家、军事家、执政官，曾是罗马共和国的独裁者。庞培，古罗马共和国末期著名的军事家和政治家。文中引用部分是庞培曾对苏拉所说的话。在征服非洲后，并未担任公职的庞培要求苏拉为其举行凯旋式（按当时罗马法只给有巨大战功的执政官、行政长官举行凯旋式），受到苏拉警告的庞培毫不退让地如此讽刺。苏拉迫不得已破例为其举行非洲之战凯旋式，并授予“伟大者”的称号。

怕失去安全和地位也在所不惜。这是因为君主与其臣民的身份地位有云泥之别，二者之间不会产生这种友谊。如若君主非要求得这种友谊，他们只能将某些臣民擢升〔提拔。擢：zhuó〕至与自己平起平坐的地位，而这样做难免招致许多麻烦。现代语言把这种被擢升的臣民叫作宠臣或亲信，好像意味着他们的高升完全是出于君主的恩宠或是因与君主私交甚笃〔十分深厚。笃：dǔ〕。罗马语则把这种人称为"分忧者"，这个说法倒是表明了他们的真正用处以及他们受重用的原因，毕竟分忧之能才使他们得以与君主结为莫逆之交〔指非常要好的朋友。〕。其实不难发现，并非只有懦弱善感的君主才能与臣民结为挚友，那些胸怀雄才大略的霸主也能与臣民交情深厚，以朋友之名称呼对方，并且允许他人用这种方式来称呼自己。

罗马统治者苏拉看重庞培，将其提拔至高位（之后甚至还授之以"伟大者"的称号），以致让庞培自诩比苏拉更优秀。一次庞培不顾苏拉之意让自己的朋友做了执政官，苏拉对此略有不满，刚开始以君王口吻与之理论，庞培便大动肝火，让苏拉闭嘴。毕竟"朝圣日出的人总是要比仰慕日落的人多"。❷恺撒重用布鲁图斯，并将其列为遗嘱的第二继承人，仅次于自己的甥孙，但此人却有将恺撒置于死地的能力。在那场害恺撒丢了性命的元老院会议之前，恺撒顾及一些凶兆，尤其是妻子卡尔普尼亚的不祥之梦，本打算将其取消，这时布鲁图斯却挽住恺撒的胳膊，将他轻轻地从椅子里扶起来并说道："不要让元老们失望，还是等卡尔普尼亚做了好梦之后再来取消会议吧。"〔罗马皇帝恺撒在遗嘱中指定其甥孙（也是养子）屋大维为第一继承人，布鲁图斯次之，但最终恺撒却遭以布鲁图斯为核心的元老院成员暗杀身亡。〕由此可见，恺撒对布鲁图斯有多么宠爱，恰如西塞罗曾引用的安东尼〔即马克·安东尼，恺撒最重要的军队指挥官和管理人员之一。〕的信中提到的那样——布鲁图斯是巫师，是他使用巫术迷惑了恺撒。出身卑微的阿格里巴被奥古斯都重用并升至高位。后来奥古斯都向梅塞纳斯征求关于女儿裘利娅婚事的意见，对方直截了当地回答到，如果不把女儿嫁给阿格里巴，那就只能杀了这个人，除此之外，再无他法，因为这个人的地位已经太重要了。❶提比略在统治时期，曾将塞雅努斯提拔至高位。此二人在世人看来交情甚笃，就连提比略在给塞雅努斯的信中都写道："咱们俩交情匪浅，我对你少有隐瞒。"甚至元老院也像为神明建造祭坛一样，为他们建造了一座友谊祭坛。〔提比略，罗马帝国的第二任君主。塞雅努斯，古罗马政治家及阴谋家，提比略的宠臣，长期担任古罗马禁卫军的统帅，曾出任罗马执政官，后来位高权重，对提比略构成威胁，被处死。〕塞维鲁和普劳蒂亚努斯之间的友谊也是如此乃至更甚。塞维鲁强迫自己的长子娶普劳蒂亚努斯之女，还任由普劳蒂亚努斯欺侮自己的儿子，甚至还在给长老院的信中写道："吾深爱此人，愿其寿命长过吾。"如果以上所述的君主们都如图拉真或奥勒留一般，那他们的所作所为还可以说是天性善良所致，然而事实上他们却是有谋略、有魄力又极度自私自爱的狠角色。〔图拉真，罗马帝国皇帝，五贤帝中的第二位，性格善良淳朴而又坚韧刚毅。其在位期间，对内巩固了经济和社会制度，对外发动战争，将罗马帝国的疆域扩张到历史上最大范围。奥勒留，思想家、哲学家，曾为罗马帝国皇帝。他是著名的"帝王哲学家"，也是一个少见的贤君。更值得一提的是，虽然他向往和平，却具有非凡的军事领导才干。〕尽管他们的生活已优越到普通人难以企及的高度，但是少了朋友的陪伴，还是无法满足他们的要求。而且于君主而言，天伦之乐无法替代友情之乐。

在评论第一任主人查理公爵时，康明曾这样说，公爵从不吐露自己内心的秘密，尤其是那些扰乱心神的隐秘。他还说，由于不愿向别人倾诉，查理公爵的判断力正在逐渐退化。当然，如果可能的话，康明大概也会对他的第二任主人路易十一做出相同的评述，因为路易十一确实也因自己封闭的内心而备受折磨。❷毕达哥拉斯〔古希腊数学家、科学家、哲学家、思想家。〕有句名言：勿食心。这话虽然略有些晦涩难懂，却鞭辟入里〔形容做学问切实。也形容分析透彻，切中要害。〕。通俗直白地来解释就是人若是没有可以倾心交谈的朋友，那就是在吞食自己的心。

向朋友敞开心扉并与之倾诉衷肠可以使欢乐加倍，也能让烦恼减半。与朋友分享欢乐，那么快乐的将不止你自己；向朋友倾诉烦恼，那么你也就不会像之前那般烦恼了。由此可见，友谊对人的心理产生的影响正像点金石给人的身体带来的变化一样，虽然有时作用截然相反，却都大有裨益〔形容益处很大。裨：bì〕。❸抛开点金石这个例子不谈，自然中也有这种情形的体现：物质聚合在一起可以保持甚至增强其天然效用，与此同时还能够淡化和削弱外力打击造成的影响。自然万物是如此，人心亦是。

如果说友谊的第一种作用是有益于情感健康，那友谊的第二大作用则是有益于理智培养。友谊既可以把情感上的烈风暴雨转化为和风煦日，亦能够将理智上的混沌黑夜照亮为清明白昼。〔从风暴到晴天、从黑夜到白天，友谊之功效可

MINGSHI DAODU

名师导读

❶阿格里巴，奥古斯都的部将、密友、女婿，是古罗马将军（军事统帅和海军战略家）和国务活动家。梅塞纳斯，古罗马著名的外交家，曾是奥古斯都的谋臣，同时还是诗人、艺术家的保护人。

❷康明，法国政治活动家及历史学家，曾先后侍奉勃艮迪公爵查理（被称为“勇敢者”）、法王路易十一、查理八世，被誉为“法国的第一位人文主义历史学家”。

❸传说中，炼金术士的点金石既可使人长寿，也可治愈疾病，一为增加，一为减少，但都对人有好处。

见一斑。〕这种变化的功效的产生不仅依赖于朋友的忠告，因为在得到忠告之前，脑中一片混乱的人只要能与他人沟通交流，便都能找到方向、理清思绪，从而能够表情达意，并能清醒意识到用语言表达出自己思想的效果，最后在独立思考中逐渐培养理智。真可谓是一整天的苦苦思索也不如一小时的有效交流。特米斯托克力曾对波斯王这样说过："语言和思想表现形式大不相同，前者是展开的毯子，心中所想所感皆显于表面图案之上；而后者则是收起的毯子，心中所感所念都被裹在里面。"〔特米斯托克力，古希腊杰出的政治家、军事家，曾任执政官，为民主派重要人物。后遭贵族嫉恨被陶片放逐，逃往波斯帝国得波斯国王善待。特米斯托克力这番话言之有理，语言是与外界沟通的方式，思想则是自我感知的集合，前者开放，后者内敛。〕所以若是有一二朋友提出忠告，那固然再好不过了；若是没有也无妨，一个人也能与自己沟通对话、交流想法，就像在磨刀石上磨刀一样逐渐锻炼思维、培养理智。总而言之，哪怕是对着一座塑像或一幅绘画倾诉，也好过把所有想法情感都深藏心底。

对于友谊第二大作用的一点重要论证，就是众所周知的朋友的忠告。赫拉克利特有句名言：

MINGSHI DAODU
名师导读

① 赫拉克利特，一位具有理性神秘的哲学家，别名"晦涩哲人"。这一句是被讹传的名言，原文："Dry light is ever the best"，此处可以理解为"不掺杂个人意志的评价最为客观"。

② 无论是相信一人之见也足够广、当局者清，还是生气时更理智，抑或是手举着枪射击更准，都表明了人们以自己的主观感受为中心。

干光总是最好的。❶此话略显晦涩，但其中的道理却毋庸置疑，与仅靠自己理解做出的判断相比，依托于他人建议而产生的想法更明智。因为一个人的见解总是建立在个人喜恶偏好上，而朋友的看法与自己的观点总归不大一样。朋友的忠告也与他人的奉承截然不同，而最乐于奉承自己的人恰是自己，所以朋友的忠告不失为一味根治的良药。

朋友的忠告一般包括品行和事业两方面。

品行上，严于律己容易矫枉过正，道德教条未免索然无味，以人为镜也不是百试百灵，由此观之，保持心灵健康，悦纳朋友的忠告才是最有效的良药。令许多人惊讶的是，许多伟人都曾因没有朋友给出忠告而犯下大错，以致自己事业、名声尽毁。这些人正如圣徒雅各所说的那样："他们确实会偶尔照照镜子，但转头便忘了自己的模样。"〔此话出自《新约·雅各书》第1章第23—24节，圣徒雅各用此来比喻那些"听道而不行道"的人。放于此处用来表明人虽然偶尔自省，却常会遗忘自省的结果。〕

至于事业方面，人们总是有一些错误的认知，比如：一人所见并不比两人之闻少很多，当局者总比旁观者更了然于心，发怒的人比默念二十四个字母的人更理智，还有用手举着枪和把枪放在支架上准头一样。世人总是有这些奇思异想，并且认为自己高于一切。❷只有把一切都尝试之后，才明白只有他人的忠告能避免自己的事业走偏方向。有些人乐于听取他人忠告，但却是以一种分散的方式，即不同事情听取不同人的建议。这种做法虽然要比对忠告充耳不闻〔塞住耳朵不听。形容有意不听别人的意见。〕好得多，但也有其不良之处。一是过于分散而导致得不到真正的忠告，除了二三挚友，少有身边人能在提建议时不顾个人利益。二是无法保证得到建议的质量，这些建议可好可坏，也可能不可靠甚至还会有害。好比一个生病的人去看医生，那医生虽然精通此人所患的病症，但却不了解他的身体状况，结果可能把病

MINGSHI DAODU
名师导读

❶"道不同，不相为谋"，志趣相投的人才更易成为朋友，在某种程度上，朋友就是自己的镜子，反映着自己的品性。不过从现实角度出发，朋友带给自己的帮助远远胜过自己一人所能为，故而朋友远胜一个自己。

治好了，却损害了身体其他部位的健康，也是治了病，害了命。若是对你熟知的挚友来为你的事业出谋划策，上述麻烦也就不复存在了。所以如果采取零星分散的方式听取建议，往往会使你分心，给你误导，而不会真正地对你的事业有所帮助。

其实除了利于情感健康和理智培养的作用外，友谊还有另一大功效。就像石榴多籽一样，这种功效可见于各个场合。你大可回想一下，生活中有哪些事情凭自己一人之力无法完成，便可知道友谊的种种好处。古人曾说："朋友是另一个自己。"如今看来此话倒有些过于慎重了，因为朋友远远胜过一个自己。❶人的一生有限，总有很多愿望无法实现，弥留之际尚要惦记着子女的安顿、工作的完善等等，此时若是有挚友为自己料理这些身后事，那便可安息瞑目了。朋友相当于给了他第二次生命，去完成那些未竟的牵挂。每人都只有一个身体，不能同时身处两地。但有了朋友的帮助，便可打破这种禁锢，可借朋友所在之处去做自己应办之事。除此以外，人活一世，还有多少碍于情面难以启齿的事呢？有时候为了显得谦逊，不愿自己邀功更不愿自吹自擂〔自己吹喇叭，自己打鼓。比喻自我吹嘘。〕，有时候又常常拉不下脸求别人帮忙；这些自己碍于面子做不来的事由朋友来做便没了后顾之忧。另外，在社会中，人受到多重身份的限制：跟儿子说话，要体现父亲的尊严；与妻子交流，得表达丈夫的立场；同敌人谈判，更要注意自己的态度；但与朋友聊天，就不必有这么多顾虑。这样的例子数不胜数，都能印证友谊的重要性和必要性。我们要记着这样一条规则：如果一个人无法扮演好自己的角色，又没有朋友，那他不如趁早离开舞台。〔为人处世，在不同场合，和不同对象，人都有不同的角色要扮演，有时候可能会受身份的限制，但是面对朋友，便可表露本真的自我。友谊，真乃人生之财富。〕

名师赏析 MINGSHI SHANGXI

问世间情为何物，直教人生死相许。自古以来为爱情折腰的就不在少数，“何意百炼刚，化为绕指柔”，就连坚毅之士也直叹爱情的魔力，也难怪普通人会“衣带渐宽终不悔，为伊消得人憔悴”了。不过友谊之力量也不可小觑，于情感健康、于理智培养、于生活的方方面面，都大有裨益。没有爱情，你可能只是独身寂寞，而没有友情，那你将会变成一座孤岛。但若是秦晋之好与莫逆之交能兼有，那便是再好不过了。

好词好句 HAOCI HAOJU

擢升　莫逆之交　鞭辟入里　大有裨益　充耳不闻　自吹自擂

不仅打开的心门易被爱情踏足，森严的心扉稍有不慎也会被爱情闯入。

沙土可解肝郁，铁剂可健脾脏，硫黄粉可治肺气不宣，海狸香可以活脑宁神，但若论舒解心病，却只能依靠真正的朋友。

延伸思考 YANSHEN SIKAO

1.《论爱情》一文中将爱情比作海妖和复仇女神，对此你是怎么看的呢？你觉得爱情是什么？

2.《论友谊》中详细介绍了友谊的三大功效，你是怎么理解的？你是否感受到了友谊的作用呢？

四、身侧之人

论父母与子女

为人父母者，性格沉默内敛，感情藏而不露。他们不喜形于色，悲亦不达于口。为人子女者，可以让其父母苦中品甘，也可以使他们苦上添苦；可以让父母平添生活的忧虑，也可以使他们淡忘死亡的恐怖。〔性格内敛却待子深情，子女的一举一动都牵动着父母的心。排比描写父母与子女，引出下文的论述。〕

动物皆能繁衍生息，世代相传，却只有人类才在身后留下了显赫声名与丰功伟绩。正是声名伟绩的缔造者最关心自己的身后之事，纵观古今，这些人往往无嗣，他们的肉体无法随血脉延续，便努力寻求精神的传人。而那些功名未就而先成家的人则大都溺爱子女，他们将孩子视为血脉的传承，更将其当成事业的延续。子女对他们而言，既是骨肉至亲，亦是未竟的功名。〔当今父母亦多有此种情形，将自己未竟之事寄托于子女，可悲可泣，作者洞见深远。〕

父母对子女往往做不到一视同仁〔表示对人同样看待，不分厚薄。〕，总会有所偏爱，母亲尤为如此。正如所罗门所说："聪慧之子使父欣慰，愚笨之子令母蒙羞。"在子女众多的大家庭里，长子长女往往最受重视，幼子幼女最得偏爱，年纪居中的最不得宠，却往往最有出息。〔长子长女作为第一个孩子，深得初为人父母者的时间精力；幼子幼女年纪小，深受呵护；年纪居中的孩子为了得到宠爱，所以不得不比别的孩子更加努力，所以往往更有出息，观之现在，一同此理。〕

若是父母在子女的零花钱上过于吝啬，将会后患无穷。因为这会让孩子变得自卑轻贱，甚至误入歧途，不惜与鸡鸣狗盗〔指微不足道的本领。也指偷偷摸摸的行为。这里用的是后一个意思。〕之徒为伍，今后有了钱也只会挥霍无度，不懂珍惜。所以最好的经验是管教从严，用度从宽。

无论父母、教师还是仆人，都会做一件蠢事：他们常鼓励兄弟间的攀比争斗，以致兄弟成年后生隙〔产生嫌隙或事端。隙：xì〕，进而导致家庭不和。❶而意大利人对子女、侄甥以及其他近亲都一视同仁，只要同系一族，并不在乎是不是自己的血脉。

小时候的子女可塑性大，因此父母应趁早为他们选定人生道路并加以培养。但父母不可对子女的爱好过分督促，不要认为孩子会为了当下喜欢的事持之以恒、奋斗终生。不过，如果孩子爱好强烈或天赋异禀，就不妨少加干预，顺其自然。常言道："立志高远，习惯会使你在优秀的道路上越走越顺。"家中兄弟，做弟弟的常常比较幸运，可一旦哥哥失去了继承权，恐怕弟弟也不再会有这种幸运了。❷

论随从与朋友

随从的人选大有讲究。

不宜选用令人厌倦者或是纠缠不休之徒：他们除了需要主人提供资助、推荐和庇护外，还会有更高要求，这样便会使主人的尾巴变长而羽翼变短

〔通过借喻的手法，写出这种随从不仅是拖累，还束缚了主人的发展。〕。不宜选用好拉帮结派之人：这种随从跟随于人往往不是出于对主人的情感，而是对别人的积怨，容易导致大人物间的误会或隔阂〔情意不相通，彼此思想有距离。阂：hé〕。不宜选用爱替主人大吹大擂之人：他们会使主人声誉不保，平白招人嫉妒，还会泄露秘密，成事不足败事有余。也不宜选用密探做随从：他们善于打探主人家的隐秘并借此换取他人的秘密；然而这种随从往往殷勤而谦恭，会将自己所得秘密告诉主人以讨其欢心，因此格外受宠。

大人物选用与自己身份相符的随从也在情在理，像是某位参战机要〔指重要而机密的。此处形容词做名词，指重要的人。〕以军人做随从，即使在君主制国家，只要此人不过分张扬，此举就也无可厚非〔表示没有可过分责难的。意指说话做事虽有缺点，但还有可取之处，应予谅解。〕。当然，最受人尊敬和得人心的还是那些知人善任的人；在德行都不突出的情况下，比起精明强干者，能力一般的人却要更适合做随从；而且，在世风日下〔指社会风气日趋败坏，一天不如一天。〕的年代，比起行动积极之人，才智冠绝者也稍显逊色。

对待政府中的同级官员，理应一视同仁；一

MINGSHI DAODU
名师导读

❶ 中国古代的帝王之家、世家大族皆同此理。

❷ 在古代，家中财产一般由兄长继承，做弟弟的从小便知自力更生，也往往都能勤奋刻苦；一旦有了继承权，多半会放纵骄奢，之前的德行品质也将不复存在。

旦对某一位有所重用，不仅令受器重之人自鸣得意，也会让同级官员愤懑不平。对待随从却不然，最好维持适度的亲疏之别；区别对待既使受宠之人心怀感恩，又会让其他随从为了得主人恩宠，更加殷勤。❶对待任何初上任的随从都要谨慎，盖因行事之初都不好把握分寸。如果主仆不分而让某个随从牵着鼻子走，便是将自己置于险境；这种情况会暴露自己的软弱，使得丑闻恶名广为流传，因为那些平素不爱评头论足的人也会斗胆大发评论，败坏主人名声。但是，对诸多随从言听计从更为糟糕，因为这会令你的思维像印刷品一样，总是在反复修改。

凡事总是旁观者比当局者清，谷底之人难知山之实高，所以遇事请教几位朋友永远不会错。〔当局者迷，旁观者清，谷底难见山高，语言富有哲理，耐人寻味。〕但世间少有为人们称颂的友谊，而平分秋色〔不分高低。〕的两人之间的友谊则更罕见。世间的友谊多见于上级与下属之间，他们能同甘共苦，风雨同舟。❷

论说情

有人为坏事求情，此举确实有损公共利益；也有人为好事请托，不过请托之人有些腐败堕落；

MINGSHI DAODU
名师导读

❶ 以朝廷官员做类比，从论述随从的选拔转入讨论对待随从的态度。论证由浅入深，逻辑分明。

❷ 友谊多见于上下级之间。篇末点出主人与随从之间的友谊，可见好的随从亦是朋友。本段还起到呼应题目中“随从与朋友”的作用。

❸ 谋得酬报、出于私利、蓄意办糟，三种恶劣程度逐渐加深，也正对应了首段所说的三种请托人。

❹ 受人之托却不把请托之事放在心上，这种敷衍欺骗就是无智；利用从请托人处获得的消息来为己谋利，这种自私奸诈则是无良。

有些人奸诈狡猾，他们虽受人之托却不忠人之事。

有些人受人之托却并不对事情上心，但倘若发现说情成功有望，他们便又想得到请托之人的感恩或酬报，或是对请托人的希望加以利用；有些人把别人的请托当成自己的过河之桥，为的便是借机与别人作对，或是打听消息，待自己目的达到后，便将请求一事弃之不顾；〔即所谓的“过河拆桥”。〕还有些人接受别人委托却只一心想把事情办糟，以此来取悦请托人的仇家或对手。❸

每一次受托都意味着受托人获得一项责任。在诉讼方面的请托，就有了主持公道的责任；在升迁方面的说情，就有了正确辨其功过的责任。在诉讼方面，如果受人之托而偏向理亏的一方，就应该让争执双方私下解决矛盾，不要让双方闹到对簿公堂的地步；在升迁方面，如果受人之托而偏向能力较弱之人，那就不要诋毁其他才能出色的人。如果对受托之事不太了解，则应该去请教可信赖的有见识的朋友，以便知道此事是否适合去办；不过找顾问时要注意别被其牵着鼻子走。

为人说项最忌拖延欺骗，而应坦诚待人；如果没有一开始拒绝其请求，后续进展就应如实汇报，事成之后也不要索要额外报酬；这种做法不仅体面礼貌，还受人尊敬。替人办事也不该注重先来后到，而应考虑请托人对自己的信任；如果请托人提供了自己无从知晓的消息，也不要利用这一消息，应该如实告知对方并让其另寻他法，也算是回报了请托人对自己的信任。不知请托之事的价值只是无智，不顾请托之事的公正则是无良。❹

替人说情时要注意保密，如果逢人便说自己替人说情一事有望成功，这固然会使一些求情者灰心，却也能警醒另一些求情者去加紧活动，甚至激励出更多的求情者。为人说项讲究把握时机，不仅要考虑那些有权批准所求之事的人，还要顾虑到那些可能会阻挠请求获批的人。〔说情时不仅要看“大人”，

还要注意“小人”，可见作者对说情一事见解深刻。〕

在选择替自己求情说项之人时，适宜之人比位高权重者更好，分管具体事务之人比统筹全局者更佳。一回生二回熟，一次求情不成功后还能保持不沮丧不埋怨的人往往都能在第二次获得成功。在求情时，得宠之人大可以“得寸进尺”；不过对一般人而言，就得是“得尺求寸”了。〔得宠之人可以把自己的请求往大了说，因为人们总是对自己的偏爱之人有更大的忍耐度，而一般人只能先把要求往小了说，这样才不致让别人觉得自己“人心不足蛇吞象”。〕人们往往不会等到最后才拒绝说情者，这样既得罪了人，又不能得之前说情者给的好处。人们还总觉得让大人物写封推荐信不费事，但如果推荐信写得不够好，会使推荐人的声誉受损。最恶劣的说情者莫过于那些包揽所有请托的人，他们可以说是妨碍公务的毒瘤了。

名师赏析 MINGSHI SHANGXI

人存于世，总要有人相护，有父母有同伴亦有相助之人。论父母之道，教人知父母不易，亦教人知世人育子之道须得完善；论随从朋友，教人懂何以择友，何以择伴；论说情者，教人知如何助人以口舌，并知如何求助于人。人难以独立于天地，培根此处详尽周到地点出生活中赖以扶持的身侧之人，让人少行岔路，多感恩德。

好词好句 HAOCI HAOJU

一视同仁　鸡鸣狗盗　生隙　隔阂　机要　无可厚非　世风日下　平分秋色

凡事总是旁观者比当局者清，谷底之人难知山之实高，所以遇事请教几位朋友永远不会错。

延伸思考 YANSHEN SIKAO

1.《论父母与子女》开篇便说“为人父母者，性格沉默内敛，感情藏而不露”，回想自己的父母，他们是这样的吗？

2. 我国历史上不乏出名的门客和随从，翻阅历史书籍，你能找到像《论随从与朋友》中所提及的随从吗？

3. 你为别人求过情吗？或是别人为你求过情吗？是因为什么事情呢？

五、生命之殇

论逆境

塞内加〔古罗马著名哲学家、悲剧作家，悲剧作品有《菲德拉》《俄狄浦斯》《阿伽门农》《提埃斯忒斯》和《奥塔山上的赫拉克勒斯》，这些作品均取材于希腊神话传说。〕曾模仿斯多葛学派，如此高言道："顺境带来的好处固然令人憧憬，但逆境使人获得的成长更难能可贵。"〔塞内加此言道出了本篇的核心。〕的确，现实中那些超乎自然的奇迹就大多孕育于逆境之中。塞内加还有一句真知灼见〔真知灼见，正确而透彻的见解。〕："真正的伟人常常兼有凡人的脆弱与神明的坚毅。"〔凡人都会经历坎坷，如果能在逆境中保持着如神明般坚韧的意志，那可真称得上是能人志士。神明般的坚韧意志正如下文故事所述。〕这句话或许用诗来表达会更合适，因为诗中表达的坚毅更加酣畅淋漓〔形容非常畅快、舒适。常指文章绘画、文艺作品感情饱满，笔意流畅，情感得到充分抒发。〕。诗人们不厌其烦地描写这种精神，比如古希腊诗人在他们的奇异的神话里就常常讲述，那些故事奇异神秘，却暗含着基督的教义。他们笔下的赫拉克勒斯曾窝进陶盆远洋出航，去解救象征着人性的普罗米修斯，而这正是对基督教徒坚定决心的生动写照，描绘了信徒以血肉之躯迎向尘世风浪的雄壮景象。〔赫拉克勒斯，希腊神话中最伟大的英雄，是主神宙斯与阿尔克墨涅之子。他神勇无比、力大无穷，后来他完成了12项被誉为“不可能完成”的任务，在此过程中解救了普罗米修斯。他惩恶扬善，敢于斗争，在今天的西方世界，赫拉克勒斯象征着大力士和壮汉。普罗米修斯，在希腊神话中最具智慧的神明之一，他不仅创造了人类，给人类带来了火，还教会了他们许多知识和技能。〕

顺境中的品德是自制克己，逆境中的可贵在于百折不挠。德行上来说，后者更具英雄气魄。顺境是《旧约》的赐福，逆境是《新约》的恩惠，毕竟《新约》里更多是上帝的祝福和使徒的福音。〔《新约》从耶稣诞生、传道、受死、升天、复活写起，其中屡言受苦是福，所以说，逆境是一种恩惠。〕而在《旧约》中，你若有幸听到大卫❶抚琴，也会发现哀伤之乐多过欢歌；你若去看约伯的苦难，也会发现对此的字斟句酌〔指写文章或说话时慎重细致，一字一句地推敲琢磨。〕比所罗门之幸描写得更加考究。顺境中并非没有忧虑与恐慌，逆境中也不乏幸福和希望。正如一幅绣品，暗底亮纹总比亮底暗纹更好看。〔亮底暗纹正是喻指顺境中的坎坷，而暗底亮纹则代表了逆境中的幸运。正是有了暗底的衬托，亮纹才更为赏心悦目。〕那就姑且以眼中之悦来推测心中之乐吧。

心性的光芒犹如名贵香料，碾碎焚烧才会更

MINGSHI DAODU

名师导读

❶大卫，以色列联合王国第二代国王。据《圣经》记载，大卫还是一个多才多艺的人，他写了很多优美的诗篇（记载于《圣经》的诗篇），还擅长演奏竖琴。

MINGSHI DAODU
名师导读

❶ 开篇先言造物主与残疾人之间这一“不仁不义”的往来，语言犀利，发人深省。

❷ 以宦官类比，有力地说明了残疾可以是人生助力。

❸ 阿格西劳斯有“跛脚国王”之称。据一本《伊索传》的抄本描述，伊索的形体样貌颇为丑陋。另外据说桑格尔驼背，加斯卡四肢奇长。苏格拉底则是其貌不扬。

加芳香。无怪顺境容易暴露恶习，而逆境更能彰显品德。

论残疾

造物主对残疾人不仁，残疾人便对造物主不义，如《圣经》中所言，残疾人大多“生性凉薄，缺乏温情”，因而常对造物主怀有报复之心；这一来一往，刚好扯平。❶

肉体与精神之间定是有一种平衡关系，所以造物主在其中一个方面犯了差错，就得在另一方面有所冒险。在肉体形态上，人只能顺其自然，但在精神结构上，却是事在人为，所以德行和素养的太阳有可能遮住决定天性之星宿，这倒是不罕见的事。〔残疾人虽在肉体上欠缺，却能在精神上补足。由太阳和星宿之比，引出下文对残疾人德行和素养的论述。〕

别把残疾视为一个人可被欺侮的信号，须知残疾极有可能是此人有所成就的动因。如果一人身上有招人蔑视却无法摆脱的弱点，那他便有了将自我从蔑视中拯救出来的激励，故而残疾人往往都极富勇气；尽管最初他们的勇敢是用来在遭人挖苦时保护自己的，但长此以往，这种勇敢便成了一种习惯。残疾使人更勤奋，而残疾者尤其勤于窥察别人的弱点，从中找寻可报复之处。

从另一方面来看，残疾并非全然不利。身体健全之人往往看不起残疾者，对其少有嫉妒；竞争对手总是小觑他们的能力，也从不把他们放在心上。就此看来，于聪明之士而言，残疾倒是成功路上的助行器。与残疾者情况类似的还有宦官，在古代以及现代的一些国家，君主们都对宦官宠信有加，只因宦官嫉妒天下所有健全之人，故而更愿意为君主效忠；虽然君主从不把他们看作合格的官员，只当他们是尽职的密探。❷

正如上文所述，残疾人会在力所能及的范围内，想尽千方百计，或通过正途，或采用歧道，使自己不再受人轻视。所以，如果偶尔发现有些残疾人原来是卓尔不群〔指才德超出寻常，与众不同。〕之士，不要过分惊讶，要知道斯巴达国王阿格西劳斯、苏莱曼一世之子桑格尔、寓言大师伊索、秘鲁总督加斯卡也都是残疾人，还有苏格拉底和其他一些人也可算是残疾者。❸

论死亡

成人对死亡的恐惧好比孩童对黑暗的畏怯。鬼怪奇闻使孩童更害怕黑暗，死亡怪闻也使成人更惧怕死亡。静思死亡，将它视为罪行的代价或者另一世界的通路，可算得上是神圣虔诚。而惧怕死亡，将其看作对自然的进贡，那未免有些懦弱愚钝。〔开篇以类比的方式点出世人对死亡的恐惧，并指出两种对死亡截然不同的态度，引出下文的论述。〕

虔诚的沉思中难免会夹杂些许虚无和迷信，因此在一些宗教教徒的修行笔记中就可以读到这样的话：“人应当时常思考，想想手指遭受挤压时的疼痛，再推想到全身腐烂分解时的折磨。”此言确实差矣，其实人体最要害的部位未必最敏感，肢体遭受的折磨也未必比死亡的痛苦轻松。从哲学家与普通人

MINGSHI DAODU
名师导读

❶ 哪怕是十分勇敢的人或是走投无路的悲苦者都无法承受日复一日的枯燥工作，更何况普通世人呢?

❷ 引用一系列的典型事例，表明意志坚定之人不惧死亡。

❸ 斯多葛学派是古希腊和罗马时期的哲学学派，他们信奉哲学的本意在于带给人们心灵的平静，所以斯多葛学派是唯心主义的。

两方观点出发，塔西佗〔古罗马最伟大的历史学家。〕这样说："伴随死亡而来的远比死亡本身可怕。"叹息呻吟，惊厥〔四肢和面部肌肉阵发性抽搐，眼球上翻，神志不清的症状。〕抽搐，面目灰白，亲友哭泣，丧服葬礼，伴随死亡而来的皆为死亡增添了可怖气氛。

不过，人类的情感并未脆弱到无法与对死亡的恐惧抗衡；复仇之欲压倒死亡，爱恋之情藐视死亡，荣誉之感渴求死亡，悲痛之极奔赴死亡，就连恐惧之感也会预期死亡。〔世上有许多情感凌驾于死亡恐惧之上。〕而既已有诸多因素都能帮助人类战胜对死亡的恐惧，死亡未必如此可怕。因此我们还能读到，罗马皇帝奥托自杀后，人类最脆弱的哀怜之情使子民们纷纷效死，以表忠君。

此外，塞内加又补充了两个厌生之由：苛求与厌倦。他说："试想经年累月地重复同一项工作，不论是勇者还是悲者，都免不了因厌倦无聊而有一死了之的念头。"更何况当一个人既非勇者，亦非悲者时，反复无休地做同一件事必会令其心生烦念，生不如死。❶

值得一提的是，英雄豪杰受死亡的影响极小，他们面对死亡时常常面不改色、从容不迫。奥古斯都大帝在临死时还在问候皇后："永别了，莉维娅，希望你能将我们美好的婚姻生活记在心里。"

提比略生命垂危时仍在掩饰自己的病情，塔西佗这样评价他：“提比略已奄奄一息，却还不忘虚伪掩饰。”韦斯帕芗大限之际还坐在凳子上言笑如常：“我就要变成神祇了。”加尔巴大难之时仍镇定自若：“尽管砍吧，一切为了罗马人民！”说罢，便引颈就戮。塞维鲁弥留之际还在处理政务，说道：“若还有待处理的事务，便速速呈上。”此类事例不胜枚举。❷

显然，斯多葛学派把死亡看得太重，事先对死亡做了过多筹备，死亡才因此更显可怕。❸尤维纳利斯〔罗马讽刺诗人，代表作《讽刺诗》影响深刻，后世以“尤维纳利斯式讽刺”指文学作品中对同时代的人和事进行的挖苦和讥讽。〕所言极是：“生命的终结是自然给予的一大恩惠。”死之自然正如生之平常，或许对婴儿来说，生与死，皆是痛苦。在执着的追求中牺牲好比在激昂的战斗中受伤，未必会有强烈的痛楚。由此观之，坚定地投身于崇高事业的人能够消除死亡的痛苦。当一个人大愿达成时，最美的圣歌莫过于那首：“主啊，请让您的仆人安然离去吧。”

死亡能开启荣誉之门，消除妒忌之心，正如有人曾言：“生前招恶语，死后受爱戴。”

名师赏析 MINGSHI SHANGXI

宝剑锋从磨砺出，梅花香自苦寒来。磨难是人生中的宝贵财富，它教人们学会成长，努力向前。逆境中有残疾、有死亡，但此处培根描写的残疾却是一种不可忽视的力量；此处的死亡亦是一道开启荣誉的大门。逆境出英才，残疾出坚志，死亡出荣光。不经历风雨，怎能见彩虹？逆境、残疾甚至死亡，且随它去，笑看人生罢。

好词好句 HAOCI HAOJU

真知灼见　酣畅淋漓　字斟句酌　卓尔不群　惊厥　引颈就戮

顺境带来的好处固然令人憧憬，但逆境使人获得的成长更难能可贵。

延伸思考 YANSHEN SIKAO

1. 之前遭遇困境的时候你是怎么面对的呢？读完《论逆境》之后你又从中学到了哪些道理呢？
2. 你见过哪些励志的残疾者？你知道残疾是怎么成为他们的人生助力的吗？
3. 你害怕黑暗吗？你是否也恐惧死亡呢？结合《论死亡》中的观点，谈谈你的感受。

六、生活之慧

论结婚与独身

男人一旦有了家室，便会受到命运的羁绊，无论他事业做得好坏，都会因妻儿的掣肘〔比喻阻挠别人做事。掣肘：chè zhǒu〕而束手束脚。所以，对社会贡献最大的事业很多是没有家眷的男人做的，他们就像跟社会结了连理，把一切都献给了它。

一般来说，有子嗣者会更关心未来，因为他们要为自己的子女打算；独居的人心里却只有自己，因为他们认为身后之事就与己无关了。有些人把妻儿看作是经济上的负累，甚至有些贪财的富人愚蠢地认为，没有子女会让自己更加富有，并以此为荣。恐怕他们一听谁说起某个有钱人，就一定会说："可他有好几个孩子要养呢！"好像孩子会让对方破产一样。

选择单身的人多半是为了自由，对自娱自乐的人来说更是如此。他们对约束尤为敏感，就连多余的衣服都会让他们浑身不适。未婚者做朋友、做主人、做奴仆都很合适，但他们可能不会是最好的属下，因为他们无牵无挂，随时可能远走高飞。〔正如前文所述，成家室者因有妻儿而不得不有所顾虑，而独身者却与之截然相反，他们没有牵挂，亦不受束缚。〕

教会人士更适合寡居的生活，无小家牵绊，方能撒爱大家。而对法官来说，独身与否并无影响，因为即便他们缺乏主见、贪赃枉法，那也是因为随从的谗言，他们的破坏力远大于法官的妻子。至于士兵，优秀的将军激励手下常提妻小，以振奋士气。而不重婚姻的国家里，士兵常常离心离德〔思想不统一，信念也不一致。指不一条心。〕、粗鄙卑劣。可见妻室子女对人心性的磨炼。❶

单身之人开支少、结余多，所以更显乐善好施，但由于内心的温情难以触及，他们也更加铁石心肠。严肃的男人更适合做丈夫，他们受传统风俗的熏陶，通常都能够忠贞不渝，犹如尤利西斯所言：“得发妻，舍长生。”❷

忠贞的女子骄矜而自负，往往深以自己的贞洁为傲。如果妻子认为丈夫聪敏，就会对他矢志不渝；倘若妻子发觉丈夫十分好妒，则会认为他愚不可及〔愚蠢得别人比不上。形容极其愚笨。〕。

青年时，妻子是情人；中年时，妻子是伴侣；老年时，妻子是保姆。因此，只要心甘情愿，人在任何时候都可以找到结婚的理由。如果有人被问及婚期，这样回答：“年轻时不需要，年老时不必要。”那他一定是个智者。

丈夫不入流妻子却优秀，这样的搭配屡见不鲜，可能是因为丈夫的善良弥足珍贵，也可能是因为妻子只一味忍让。如果这样的丈夫是妻子力排众议自己选的，那么他们的婚姻一般都会长久，毕竟谁也不会承认自己做了蠢事。

论养生

论及保持身体健康，除了那些医学上的条条框框外，还有这样一种智慧，即是所谓的养生之道。判断对身体有益或是有害，只有切身观察体验，才最为行之有效。

对待健康问题，最好不要敷衍了事〔指办事马马虎虎，只求应付过去就算完事。〕，常说“这个似乎没什么大碍，应该可以继续使用”；而应认真谨慎，如“这个不适合我，我不会再用”。年轻时自我放纵其实是在透支健康，到老是要还的；上了年纪就要认清现实，不要总以为自己还跟壮年一样，毕竟岁月不饶人。自然之理与治国之道一样，多点革新比一点变化更加安全稳固；因此养生须从饮食睡眠、衣着锻炼等多个方面着手，任何方面有所不足，都要慢慢纠正。❸若纠正过程中出现不良症状，则可重新回到原有习惯，毕竟公认的保健之道并不一定适宜自身状况。

日常生活中应该保持无忧无虑、轻松愉悦的心态，这样才能延年益寿。在思想情感方面，应该避免如嫉妒、忧虑、郁闷、偏执、狂喜以及悲伤等不良情绪的出现。心中应当满怀希望，保持适度的愉悦，进行适当的娱乐活动。除此之外，还要保持一颗好奇之心，让头脑中多些历史、神话或自然方面的学问。

至于吃药治病，如果平素一点儿药物也不曾用过，一旦开始使用，身体便会产生不适；而若是平时经常服药，之后再生病时药效就不大显著了。因此，除非已有服用药物的习惯，否则最好不要经常用药，倒不如通过随季节调整饮食来加以保养，而且食物不仅能改善身体状况，伤害也

MINGSHI DAODU

名师导读

❶ 战场上生死一线，从军生活亦艰苦无比；将士在外，为家中妻儿最是牵挂，如果在最艰难的时候，能与战友们聊起最惦念的家人，想必心里会有莫大的慰藉。

❷ 尤利西斯，希腊神话传说中的奥德修斯。在攻破特洛伊后回国的途中，尤利西斯历经千难险阻，不幸在一海岛沉船；神女卡吕普索将其救起并对其一见钟情，并以永生来挽留尤利西斯，不过一心只爱妻子的尤利西斯拒绝了神女的请求。

❸ 所谓“牵一发而动全身”，无论是国事革新还是身体调理，都应该从整体出发而不是着眼于某处，这样才能更安全稳固。

相对较小。身体出现异常信号不可置之不理，而应该及时请教医生，生病确诊后就要安心静养，平日里须加强锻炼，如果能做到这样，生小病时便不用就诊，通过饮食调养即可。哲人塞尔苏斯并非一名医生，但他的说法远比许多医生之言更在理，他认为以下做法是延年益寿的关键：人在生活中需要轮流采用截然相反的习惯，但应更多采用对身体有用的那种，比如时而节食，时而饱餐，但应以饱餐为主；时而通宵，时而早眠，但要以早眠为主；时而静休，时而运动，但要以运动为主。〔塞尔苏斯，罗马百科全书编纂者，另有“医学上的西塞罗”之称。此处采用的排比句言简意赅地道出了延年益寿的关键。〕这些做法不仅能维持自然机理，还能强身健体。

至于就医方面，有些医生过于迁就病人的习性，而无法采用正确的治疗手段；有些医生则又过于刻板，不能充分考虑病人的体质状况。所以有病就医时，应该找介乎两者之间的；若实在寻不到，那便只好这两种医生各请一位，然后将二人的诊治说明综合起来。一定要记住，请来的医生不仅要医术高明，还要深悉你的身体状况。

名师赏析 MINGSHI SHANGXI

生活总要面对这样的选择，是要与人携手，还是要孤身闯荡。婚姻情分固然可贵，不过如果选择独身一人，也未尝不可。此处培根有例，论证终是因境遇不同，会有不同的选择。与此同时，无论怎样，生活中都要注意养生之道，毕竟人不会一直年富力强，总有年老力衰的时候。要能重视健康问题，在心态、饮食、就医以及生活作息等方面养成良好习惯，毕竟身体是一切的本钱。

好词好句 HAOCI HAOJU

掣肘　离心离德　愚不可及　敷衍了事

延伸思考 YANSHEN SIKAO

1. 婚姻乃人生大事，在《论结婚与独身》中讲了婚姻的很多方面，在实际生活中你能找到与这些方面有关的事情吗？

2.《论养生》中说养生之道包含了生理和心理两大方面。在这两方面你是怎么注意养生的呢？

七、金钱之术

论财富

于笔者看来，财富不过是德行的包袱。也许用拉丁文中的 impedimenta〔辎重，行李。〕一词替换掉“包袱”会更好，因为财富对于德行来说，就好像辎重〔行军时由运输部队搬运的物资。辎：zī〕之于军队，不可或缺，但会有碍行军，有时还会因费神看护而贻误〔贻误，此处与耽误同义，意思是因拖延时间或错过时机而误事。贻：yí〕战机或阻碍胜利。〔开篇点明财富和德行的关系，并以比喻的手法具体形象地对二者关系进行了表述，意在说明财富之负累。〕

其实，巨额财富也无真正的大用处，除了做慈善外，其他用途都不切实际。正如所罗门言：“更多的财富只能带来更多的消费，除了大饱眼福，财主们还能有何收益呢？”一个人是消耗不了多少财富的，那些富豪财主们也只是有保管钱财的能力，有施舍捐赠的权利，享财大气粗的名声，但钱财于他们而言并没有什么实际用途。不然怎么会有人为了几粒石子或少见之物而开出天价？又怎么会有人为了一显财富之效而铺张浪费呢？也许有人会认为财富可以替人消灾解难，但正如所罗门说的那样：“财富是富人想象中的坚固城堡。”此话一针见血：财富这座城堡只存在于想象之中，并非现实之物。要知道，

财富很多时候都会给人招来灾祸，消灾解难只是偶尔为之。〔引用论证以及充分的说理，意在表明财富并非人们想象中的那么实用。〕

勿为炫富而求富，积累财富的过程应做到取有其法、用有其度，施之可以悦己、蓄之可以宽心。然而也不要极端地对财富嗤之以鼻〔嗤之以鼻，用鼻子吭声冷笑。表示轻蔑。嗤：chī〕，最好是正确区分求财之由，就像当初西塞罗为人辩护时所说：“他虽急于生财，却不是为了满足一己贪欲，而是想要获得行善的资本。”也不要急于敛财，听听所罗门之言：“急于发财者往往会失去清白。”〔本段概括地说明了对待财富的态度，为下文的展开做了铺垫。其中引用的西塞罗和所罗门的话，更是有力的补充说明。〕

在诗人卢奇安的虚构中，财神普路托斯在受天神朱庇特委任时总是磨磨蹭蹭、行动缓慢，而受冥王普鲁托差遣时总是星驰电发〔星驰电发，指迅速如流星闪电。〕、健步如飞。〔普路托斯、朱庇特和普鲁托都是罗马神话中的形象。〕这段情节正寓意着，勤劳和汗水铺成的发家之路很漫长，而凭借他人的死亡，如继承遗产之类，便能很快致富。还有一种解读也算恰如其分，即将普鲁托视为魔鬼，并由此得出这样的结论：如果是从魔鬼手中获得财富，像是通过欺骗压榨等不正当手段谋财，那么财富便来得很快。〔对这段故事的两种解读都能自圆其说，并且也不乏一定的道理，可见作者对财富之道见解深刻。〕

发家致富之路千万种，然大多都是些旁门左道〔借指不正派的学术派别。现泛指不正派的东西。〕；悭吝〔吝啬。悭：qiān〕小气已经是最好的了，但也算不上干干净净，因为吝啬本身就阻止了人们慷慨施舍。土地是大地之母的恩赐，所以利用土地资源是最合理的致富之道，但这种方式对普通人来说未免太慢。不过如果富豪财主肯屈尊经营土地，也定会财源广进。有位极其富有的英国贵族，那人拥有大片麦田、林区、牧场、羊群以及丰富的矿产资源，对他来说，大地就是永不枯竭的财富之源。

有人说，谋小利困难，赚大钱容易，此话有理。若一人财富之盛可以进行高支出的贸易又有一个好的合作伙伴，那他何愁发不了大财呢。不过在一般的买卖和行业中只能诚实地赚钱，其中途径有二：一是凭勤奋之素质，二是借诚信之名声。但是，如果以玩弄价格来谋取利益，其生意的公道性便不保了。在人急需时漫天要价，贿赂掮客〔指替人介绍买卖，从中赚取佣金的人。掮：qián〕招揽生意，要花招排挤对手，这些都是卑鄙狡猾的做法。除此之外，还有倒买倒卖的行为，即压价将商品买进，之后再转手高价卖出，这其实是可耻地在买主卖主两方身上占便宜。如果选择可靠的伙伴合作经营，也可赚得滚滚财源。至于高利放贷，虽然生财最快，却也是歪门邪道中最坏的一个；做这种营生的人是让别人流汗而自己独享面包，甚至在安息日都不忘谋财；❶再者，有息放贷看似可靠，实则暗含风险，因为会有公证人或中间人为了私欲而替没有偿债能力的人做担保。如果能第一个创造出某项发明或获得某项专利，也会有不菲的收益，加纳利群岛的第一个糖业老板就是最好的例子。一个人既善于发现又富有判断力，即具备真正逻辑家的思维，再遇上大好时运，何愁大业难成呢？〔法国逻辑学家和哲学家拉米斯曾提出“逻辑有两部分组成：发现和判断”。〕仅靠固定收入很难大富大贵，而拿着所有家财去冒险投机也未必有好结果，通常都是以倾家荡产收场。所以最好还是二者兼取，在维持一份固定收入的基础上进行风险投资，这样即使失败也有退路。如果没有法律制约，垄断经营确实是生财的便捷之道，垄断厂家能准确预知供求变化时更是如此。能在朝为官而有所收入确实极好，但若是通过奴颜媚骨之行径来谋取一官半职，那便是再卑鄙不过的了。与此相比，靠夺取遗嘱或凭借遗嘱执行人的身份（正如塔西佗评价塞内加“紧紧将遗嘱和无子嗣之人的监护权抓在手中”。）来谋财则更显不堪，因为借阿谀奉承上位之人是在拍王公贵

族的马屁，而靠别人遗产发财之徒却得讨好卑微小人的欢心。❷

有些人之所以表面上对财富不屑一顾，是因为他们的发家致富之路遥不可及；而他们一旦发了财，也会对财富珍视有加。财富是长了翅膀的，有时也会飞走，所以不要抓住小钱不放，必要时将其放走才能换来更大的财富。将财产留给子女或捐给社会乃是人之常情，但无论哪种方式都应该注意要数额适中。尤其若是子女尚小，缺少见识，那么留下巨额财产无异于留下一大块诱饵等猛兽围抢。同样，为虚名而捐赠的大笔基金就好像没加盐的祭品，不过是稍作粉饰的坟墓，内里很快就会变得腐败难闻。故而不能以数额作为捐赠的衡量标准，而应该考虑善款用途的合理性。也不能在大限之际才决定捐赠事宜，因为临终前的捐赠往往不是出于自己本心，而是在慷他人之慨。

〔指的是继承人本能得到的财产被捐赠了。〕

论花销

钱就是用来花的，但花钱时却少不了有事业或慈善方面的考量，在这种情况下，特殊的花销则应多加衡量。对待祖国事业和信仰倾尽家财也在所不惜，而处理日常开支则须量入为出，要在

MINGSHI DAODU

名师导读

❶《旧约·创世纪》第3章第9节中写道：“你必汗流满面才有面包。”作者在此化用，意在批判放高利贷者的行为：使他人受累而自己独享财富。另外安息日意味着“休息、停止工作”，而高利贷的利息在安息日还是要算的，这进一步表明作者对放高利贷之人的憎恶。

❷ 出自塔西佗《编年史》第13卷第42章，原文中评价塞内加是日耳曼尼库斯家里的奸夫，凭借皇帝重新搜刮巨额财富，罗马那些无后之人和他们的遗产，都难逃其网罗。

MINGSHI DAODU
名师导读

❶ 层次清晰地指出大富大贵人家在管理财产方面的注意事项：清点财产、明确收支、他人代管。

❷ 由花销均衡的注意事项论及不均衡之后果，接着引出偿还债务的问题，最后再到重振家业时的花销注意事项，前后照应，环环相扣，可见作者思维逻辑之缜密。

❸ 在蜂群中，雄蜂只负责与蜂后交配，等交配成功蜂后产卵后，雄蜂就成了蜂群中的赘物，因而诗人维吉尔说雄蜂“好吃懒做”。以雄蜂作比，意在强调有息放贷者不需劳作便可坐收盈利。

开支预算内把事情办得风光体面，而不要受家仆的糊弄坑骗。若想维持收支均衡，那么日常开支占收入的二分之一即可；而如果想要积累财富，那么平常花销只能占收入的三分之一。

对于大人物来说，清点财产不是在自降身价，而很多人之所以没这么做，除了疏忽，也是因为怕发现自己家财已尽而增添烦恼。然而若不能发现伤口，又何谈治愈呢？不经常清点财产就要明确自己的收支情况，若是从不过问收支情况就得将财产托付于可信之人，并且要经常换人，因为新手上任总是格外规矩认真，不敢越界。❶

凡事应讲究均衡：一方开支较大，另一方就得节省用度。饮食方面花费多了，就要在衣着上做减省；居室内开支较大，马厩上的花销就该减少。反之，如果凡事都铺张浪费，家境衰落也就在所难免了。

关于债务问题，匆忙偿还不比拖延不还好到哪儿去，因为匆忙还债时常要低价变卖家产，中间的差价和借钱的利息相比也相差无几。所以偿还债务时最好不要一次还清，以免之后重蹈覆辙〔重新走上翻过车的老路。比喻不吸取教训，再走失败的老路。〕，而应慢慢偿还，在此过程中还能养成勤俭节约的好习惯，于物质与精神两方面都有裨益。

复兴家业时须注重细节，比起追求蝇头小利，

学会减少细微处的花销更显体面。对于一次性的花销不妨稍微宽松些，对长期性的开支事务则应谨慎有加。❷

论有息借贷

世人抨击有息借贷的诸多言论精妙无比。〔在人类历史上，有息借贷是一种非常古老的经济行为。但在西方，从古希腊的自然法观念到中世纪的基督教观念，都把有息借贷视为一种令人憎恶的行为。这种观念在近代早期才基本被改变。此段大意源自文献《近代早期英国有息借贷观念的嬗变》，作者唐科。〕

有人说，有息借贷真是不值当，竟让魔鬼拿去了本该留给上帝的份额。〔《旧约·利未记》第 27 章第 30 节中写道："地上所有的，无论是地上的种子还是树上的果子，十分之一是要归给耶和华的。"这里将之巧妙化用。〕

有人说，有息放贷者在每个安息日都不忘盈利，是当之无愧的最不守安息日之人。〔贷款的利息每天都在增加，即放贷者每天都在收益，连在"休息、停止工作"的安息日都是如此。〕

有人说，有息放贷者正是维吉尔所说的那种雄蜂，"应当将那些好吃懒做的家伙逐出蜂房"。❸

有人说，有息放贷者总是让别人代自己流汗，这恰恰违反了在亚当和夏娃堕落后，上帝为人类制定的第一条规定，即必须自己汗流浃背才能有面包吃。

还有人说，有息放贷者已经变成了犹太人。〔犹太人中多有放贷取息者。〕

更有人说，有息放贷这种以财生财的手段，有违天道。诸如此类的抨击言论不一而足〔指同类的事物不止一个而是很多，无法列举齐全。〕。

然于笔者看来，有息借贷不过是一种折中之道。社会生活中，借钱贷款在所难免，而人们的心肠又硬，不情愿把钱白白地借出去，所以才产生了有息借贷的市场。有些人能在银行、个人财产申报以及其他措施或方面提出不算可靠却有其巧妙之处的建议，但却少有人在有息借贷方面提出过什么建设性的意见。其实应该将有息借贷之利弊全都呈现在众人面前，让大家有所参考，也便于权衡考量，同时警醒世人慎重对待，不要陷入万劫不复的境地。[1]

有息借贷之弊端可从以下六个方面介绍。第一，有息借贷会使商人的数量减少。有了这种坐收高额利润的行当，货币就会被压在箱底而不是流通于市场，从而贸易活动减少，进而从事贸易的商人的数量也会减少。其中有一点值得注意，商业贸易乃国家财富的门静脉〔门静脉这个比喻在本书《论君主》一文中有具体描述。〕。第二，有息借贷会使商人的素质变低。倘若农牧场主能坐享高额地租，那他们便不会用心耕种或经营其土地；以此类推，如果商人也可以仅靠放贷就获得高额收入，那他们又怎么会专心买卖经营呢？第三，有息借贷会导致国家税收减少。此弊端也是前两点的必然结果，因为税收财富是与商业贸易额度正相关的。第四，有息借贷会造成国民贫富悬殊。未来的大笔收益对放贷者来说十拿九稳，而借债人对能否有收益都没什么把握，其中大部分钱财最终还是落入放贷者的口袋。这样一来国家的财富便逐渐被少数人敛入手中，然而只有在财富分布均匀时，国家才能繁荣富强。第五，有息借贷会使土地价格下跌。因为金钱的主要用途在于贸易流通和土地投资，有息借贷则恰恰阻碍了这两种方式。第六，有息借贷会妨碍工业发展、改良革新以及创造发明，因为有息贷款妨碍了金钱在这些方面发挥其积极作用。还有最后一点，有息借贷会使许多人破产，日久天长，就会造成全民贫困的现象。[2]

换个角度来看，有息借贷也未必没有好处。第一，虽然有息借贷在某些方面会妨碍商业发展，但却能在另一些方面促进商业发展；实际上，多数商业贸易都是年轻人在有息贷款的支持下经营的，一旦放贷人要求偿还债款或是不再贷出，贸易活动多半就会停滞。第二，有息借贷在一定程度上为人们带来了便利，如果没有这种方式，一时的窘境就能导致人们破产，因为往往事发突然，人们不得不低价变卖家产。所以如果说有息贷款是对借款人的啃食，那么不景气的市场则会直接将他们吞噬。〔此处运用了比喻和夸张的手法，这个对比论述极为形象。〕抵押和典当之举则实在是于事无补，受押人不是拒绝接受毫无用处的典当物，就是希望抵押人不能按时赎回贵重的抵押品，从而将其据为己有。有个狠心的乡下财主曾说："让有息贷款见鬼去吧，要不是它，抵押在手的东西和房契地契怎么会飞走。"〔举例论证，充分说明了正是有息借贷保护了抵押人的财产，那些典当物才不会因无法及时赎回而被受押人据为己有。〕第三，无息借贷压根不可能，而且现在对有息借贷的限制已造成巨大麻烦。再者，几乎所有国家都存在有息借贷这种方式，不过是种类或利率略有不同。故而废除有息借贷也只是妄谈，这种建议也只能去"乌托邦"提提罢了。❸

接下来讲讲如何权衡有息借贷的利弊，对其加以规范和改进，以扬长避短。可改进之处大概有两点：一是要把放贷人的牙齿磨钝点儿，这样便不至于把借款人咬得太紧太狠；二是要制定政

MINGSHI DAODU
名师导读

❶ 由对有息借贷的抨击言论的描写转入作者自己的观点陈述，同时从现实角度出发，说明了有息借贷存在的合理性，提出有息借贷存在改进空间。最后指出有息借贷的利弊，引出下文的论述。

❷ 从商人数量、商人素质、国家税收、贫富差距、土地价格和工业改良六大方面具体阐述了有息借贷的弊端，每点弊端之间又存在着或并列或递进的关系，论证翔实有力。

❸ 正面从发展商业和便利民众方面论证，反面说明无息借贷的不可能性，正反两面结合有力地表明有息借贷的利处及合理性。

策来鼓励有钱人把钱贷给商人，如此便能使商业贸易快速且持久地发展。然而要想达成这一点，就必须兼用两种不同的借贷方式，一种为利息较低的，另一种则是利息较高的。因为若只压低利率，一般人贷款倒是容易了，可商人却会更难贷款；另一方面，经商者利润颇丰，商人能承受高利息贷款，但一般人却不能。❶

为了达成以上两点，可采取为借贷设置两种利率。一种是面向所有人、普遍适用的利率，另一种则是专门为某些人在某些地区进行商业活动设有的特许利率。

具体措施则是首先将一般利率降至百分之五，并宣布以此利率放贷可不受限制且不受任何惩罚，这种做法不仅能维持借贷活动的进行，减轻借款人的负担，还能在很大程度上提高土地的价格，因为以十六年租金的价格购置的土地每年可获得有百分之六那么多的利润，这已高于贷款利率。同样的道理，此法亦能激励人们更勤奋，从而有助于工业发展和改革创新。因为比起百分之五的微薄利益，人们更愿在其他方面进行投资，那些惯于高利润放贷的人更是如此。❷

还应该允许以高利率借贷给商人，不过在此过程中有以下几点需要注意，其一，利率与之前相比一定要有所降低，即便对于商人来讲，此高

MINGSHI DAODU
名师导读

❶ 从利、弊处的论述转入提出规范措施，其中一项改进措施引出下文对利率的具体分析。

❷ 列数字具体来说明，更令人信服实行较低的普遍利率确实大有好处。

❸ 对这种特许利率的实施，应该在利率、放贷人、征税和地点限定四个方面兼顾，可见作者考虑周到，见解深刻。

利率也得低于他们之前借贷的利率，如此才能保证无论是商人或是其他人，都能因此有所获益。其二，放贷人须得是钱财的实际拥有者，而非银行或是公共资金的管理者。这样做是考虑到某些银行活动确实令人生疑，无法让人放心交付放贷之事。其三，应对这种特许借贷方式少征税款，使放贷人能收获大部分利润，不会因损失小利而大失所望。与其冒险从事别的产业赚钱，放贷者还是会选择这种毛利略减却有稳当收益的方式。其四，无须限制这些放贷人的数量，而是要限定其放贷活动的地点。应把放贷地点设定在某些商业重镇，这样他们便不能随便借他人之钱牟利〔谋取利益。牟：móu〕，即不可能以百分之五的一般利率借入，再以百分之九的特许利率贷出，因为没人会愿意把钱借去远方，更遑论借给陌生人。❸

如果有人反对我所说的做法，认为原来有息借贷还只是被部分区域认可，倘若按我的做法来，有息借贷便在某种程度上被合法化并公开认可了；那我就要说，对于有息贷款，使其合法并公开认可远比任其自由发展更有益。

名师赏析 MINGSHI SHANGXI

文人常懒于言财，培根在此将财富、花费、借贷尽述其详，不可不称平易。君子爱财，取之有道。不能为了炫富而求富，不能为急于敛财而不择手段，也不能用财富来沽名钓誉，否则财富于人之德行来说就是拖累。在另一方面，确实有“钱不是万能的，但没有钱是万万不能的”一说，因此生活中要注重收支均衡，不能凡事都大手大脚、铺张浪费，不然就得靠有息借贷来维持生计。而对于有息借贷，作者一反世人鄙弃的态度，将其辩证地来看待，足见其考虑之周全。

好词好句 HAOCI HAOJU

辎重　贻误　嗤之以鼻　星驰电发　旁门左道　悭吝　掮客

重蹈覆辙　不一而足　牟利

勿为炫富而求富，积累财富的过程应做到取有其法、用有其度，施之可以悦己、蓄之可以宽心。

延伸思考 YANSHEN SIKAO

1.《论财富》中说财富的实际用途是做慈善。你知道哪些慈善家的故事呢?

2.“钱就是用来花的。”生活中你是否注意过自己家里的花销呢?结合《论花销》中所谈的要点，你对花钱是否有了新的认知呢?

3. 读完《论有息借贷》，相信你对有息借贷也有了一定的认识，不妨问一问家长和老师，或是查阅相关资料，再进一步了解一下吧。

八、人性之陋

论怒气

“杜绝怒气”，想必只有斯多葛学派的哲人们才会如此大言不惭〔说大话而毫不感到难为情。〕。世上早有更切实的神谕：生气本无可厚非，但不该因怒气而犯罪，也不要含怒气直到日落。这句话告诉我们，无论在程度上还是在时长上，都要学会克制怒气。接下来将从如何克制发怒的倾向和习性、如何遏制发怒的行为以及如何激起或平息他人怒火三个方面谈谈。

认真回想发怒的后果，反思它是如何扰乱了自己的生活，此为克制怒性的不二法门〔独一无二的门径或方法。〕。反思的最佳时机需待怒气彻底平息之后，塞内加说：“发怒就像倾覆的高楼，倒下之处一片废墟。”〔发怒时情绪紧绷，待到心情平复后，再看那“一片废墟”才知道自己因一时之气犯下了多少错。〕《圣经》教导我们要常存忍耐之心。失去耐心之人无疑丧失了其灵魂。万不可像那蜜蜂一样，愤然一蜇却断送了自己的性命。〔蜜蜂蜇完人后也会丧命，以自然的哲理来教导人们万不可意气用事。〕怒气通常主宰着妇女、儿童、老人及病人等弱势群体，也经常在他们软弱时出现，足见怒气之低劣卑鄙。若是真被激怒，也应该表现出鄙夷之情，而非恐惧之意，否则只会受到更多伤害。〔被对方激怒却表现出恐惧，可能会让对方得寸进尺，进而使自己二度受伤。〕愤怒时应当适当自我嘲讽，这样便可减轻怒气的危害。这一点不难做到，只要好好把握住上述原则即可。

了解发怒的原因是遏制怒行的前提。原因主要有三，其一，对伤害过于敏感。人之所以发怒往往都是因为觉得自己受到了伤害；敏感脆弱之人总会有许多烦心事，故而经常发怒，不过性格坚强者却并非如此。其二，对蔑视过于敏感。对蔑视敏感的人往往极易发怒；他们会把自己所受的伤害看作别人对自己的蔑视，这种受蔑视之感无异于火上浇油，给受害者带来的负面影响比原本所受到的伤害更恶劣。其三，名誉受到侵害。名誉受损会更易令人怒火中烧，解决这种情况，就得像贡萨尔沃〔西班牙著名将领。〕所说的那样，"为名誉编制一层结实的保护网"。以上便是发怒的原因，而抑制怒气的最佳方法还是要在时间上下功夫，要相信"不是不报，时候未到"，如此便能平息怒气，以待时机。

如果无法抑制怒气，又不想使怒气变为悲剧，则须注意以下两点：其一，忌出言无状〔行为失检，没有礼貌。〕。宽泛的指责还算无伤大雅〔指虽有影响，但没有伤及主要的东西。〕，恶语伤人就显得低级庸俗，指名道姓地谩骂则最是卑劣可鄙；再者揭人伤疤亦不可取，不然别人就都会逐渐疏远你。其二，须保留底线。不能因一时之怒就不管不顾，更不要为了发泄一时的怒火而做出不可挽回的糟糕事。

使他人动怒，首先要选好时机，人在心情最差劲、心态最不稳时最容易被激怒；然后就是挖空心思、想尽办法使之恼羞成怒，此处可以借鉴前文方法。让他人息怒的办法恰好相反，第一感觉很重要，如果想提出令人不快之事，就一定要选择在对方心情好的时候提出；而且务必要消除对方所受伤害中的被蔑视之感，可以将伤害归因到误解、忧虑、激动以及任何别的原因。❶

论虚荣

落在大车轮轴上的苍蝇说："看，我扬起的尘土这么高呢！"这一则寓言正道出了虚荣的本质。❷

但凡能沾上边的好事，无论事情的功劳是否在自己，都要居功自傲一番，世上虚荣者大都如此。自我吹嘘时定要拿人来比较，可见虚荣者也定好派系斗争。但自吹自擂者总是言辞激烈并且口无遮拦，因而往往成事不足败事有余。这种人正应了那句名言"雷声大，雨点小"。不过，在处理政治事务时，吹嘘也有一定的用处。需要为某项事业或某个人宣传造势时，吹嘘者便可大显其能。在说到安条克三世和埃托利亚人结盟时，李维就曾指出，游说双方交叉吹嘘即可产生奇效。〔塞琉西王朝的安条克三世曾与埃托利亚人结为同盟一起反对罗马，其中说客是双方结盟的促进力量。〕在两国君主之间游说时，应极力吹捧其盟友的声势，这样便可使二者联手抗敌；周旋于双方之间，应夸大自己对另一方的影响，这样便能让双方都更看重自己。虚言大话足以鼓动人心，心有想法便会有所行动，可见这种吹嘘足以产生无中生有之奇效。❸

军人将士确也需要虚荣。钢铁之间可以互相磨砺，将士之间亦可通过虚荣来相互激励。当代

MINGSHI DAODU
名师导读

❶ 惹怒他人的方法恰好照应了前文所述的发怒之因，而使人息怒的方法又是在此基础上的取反之道，可见说到底还是要意识到怒因，才能达成其他目的。

❷ 以寓言开篇，指出虚荣的本质，手法引人入胜。

❸ 本段从负面影响和正面功效两方面入手，论证了吹嘘在政事方面的作用。

MINGSHI DAODU
名师导读

❶ 此人事迹在《论作伪与掩饰》一文中有介绍，此处的特性指的是手握重权的木奇亚努斯能放下敌意和嫉妒，拥护受民众爱戴的韦斯帕芗并使其登上皇位。

❷ 本段中先有“毒眼”“凶视”之说，后有人们的层层推理：嫉妒之人眼神有异，而春风得意之人最受嫉妒也最易受害。

价大且风险高的事业行将起航时，性格沉稳之人适合做压舱物，而生性虚荣之人则能扬起风帆。〔比喻形象，新颖贴切。〕

学者也需要虚饰的羽毛使名气高飞。“那些人著书对虚荣大加贬低，不还是在书的扉页上写下了自己的名字吗？”即便是如苏格拉底、亚里士多德和盖仑〔古罗马医师、自然科学家和哲学家，古代医学理论家。他创立了医学知识和生物学知识的体系。〕等学者也都喜欢自我称颂。倘若一人功德圆满，但却没有人性的好德之心为其扬名，他又怎能名垂青史呢？如果少了这种助力，西塞罗、塞内加和小普林尼〔罗马帝国的元老，也是一名作家。〕的名声也难以流传至今。可见，虚荣确实能助人流芳百世。由此观之，虚荣好比涂在天花板上的漆，正是因为有了它，天花板才能光亮如新且持久耐用。

不过上述的虚荣都不是木奇亚努斯身上的那种特性，塔西佗曾这样评价他：“此人本领之一便是能漂亮而自然地炫耀自己。”这种本领或特性并非出自虚荣心，而是出于天生的雅量和谨慎。❶ 对某些人来说，这种雅量和谨慎不仅自然得体，而且优雅大方。如此巧妙运用谦逊与退让之道，也不失为一门夸饰自己的艺术。而其中最巧妙的莫过于小普林尼所说的那种，即如果他人

★重点
★难点
★考点

知识问答及压轴试题

培根随笔

（核心教学资料）

名著考查训练

一、填空题

1. 作者把野心比作________，如果它的分泌不受阻，便能使人积极活跃、________；一旦分泌受阻，便会肝气不顺，危害健康。

2. “碰运气就像在逛市场，通常而言，如果能多逗留一会儿，价格就会下跌。但有时碰运气又像是西比尔卖书，起初成套销卖，之后分册售出，其要价却不减。”这句话是在说________的________。

3. 在这些文章中，涉及朋友的篇目是________和________；谈论建筑艺术的篇目是________和________。

4. 在《论话语》中，作者曾提到：谈话时讲究灵活多变，即谈时事时佐以________，讲故事时加以________；时而提出________，时而抒发________；既有________之言，又有________之辩。

5. “性格再坚韧，言辞再精妙，只要未形成长期的习惯，都是没用的。”出自________一文。

6.《论爱情》一文中曾用“________________”这句话来描述爱情与理智的关系。

7. 对于家中的子女，作者认为________往往最受重视，________最得偏爱，________最不得宠，却往往________。

8. 世上有许多凌驾于死亡之上的情感，这样的感情有____________、

________、________、________、________等。

9. 书中曾提到延年益寿的关键是：时而节食，时而饱餐，但应以______为主；时而通宵，时而早眠，但要以______为主；时而静休，时而运动，但要以______为主。

10. 对于财富，作者认为在积累财富的过程中应该做到________、________、________、________。

11. 论及有息借贷的弊端，作者分别从______、______、______、______、______和______六方面展开了论述。

12. 作者认为生气本______，但不该______，也不要______。而追究怒气的根源，有三点：______、______、______。

13. 为了烤熟自己的几枚鸡蛋，不惜放火烧掉公家的房子，这就是______的本性。

二、选择题

1. 下列哪位哲人曾对“世人为何青睐假象”这一问题做过研究？（　　）

   A. 伊壁鸠鲁　　B. 卢奇安　　C. 恩培多克勒　　D. 尤维纳利斯

2. “神学三德”指的是（　　）。

   A. 真、善、美　B. 信、达、雅　C. 智、断、恩　D. 信、望、爱

3. 根据培根的看法，下列说法正确的是（　　）。

   A. 画家丢勒在画画时取众多面孔最美之处，将其一股脑儿地集中于一张脸上

   B. 画家阿佩利斯只按一定几何比例来画画

C. 人之本性可长出芳草，也可长出杂草

D. 人之本性往往含而不露，可以被压抑，却不能被改变

4. 下列哪项不是作者认为的年轻人办事的特点？（　　）。

A. 未得方法要领时就开始操办事情

B. 执行力不够以致办事时拖泥带水

C. 由于贸然革新而招致不必要的麻烦

D. 纠正错误时的极端手段导致错上加错

5.《论爱情》中讲道：特洛伊王子钟情于（　　），选择放弃赫拉和雅典娜的礼物，最终导致了特洛伊战争。

A. 卡吕普索　　B. 阿尔忒弥斯　　C. 阿弗洛狄忒　　D. 海伦

6. 罗马语把宠臣或亲信称为（　　）。作者认为这个说法倒是表明了他们的真正用处，以及他们受重用的原因。

A. 爱国者　　B. 谄媚者　　C. 分忧者　　D. 忠义者

7. 下列哪项表现既不是由习惯导致的专横，也不是凭习惯进行的统治？（　　）

A. 赫拉克勒斯曾窝进陶盆远洋出航，去解救象征着人性的普罗米修斯。

B. 古代斯巴达的男童经常在狄安娜祭坛上受鞭笞之刑。

C. 一位被判死刑的爱尔兰叛逆者曾向总督提出请求，对他施绞刑时应用藤条而不用绞索。

D. 俄罗斯东正教的教徒为了赎罪宁愿在冷水中坐上一整夜，直到把身体冻住。

8. 作者认为应该选用（　　）的随从。

A. 纠缠不休　B. 拉帮结派　C. 善于打探　D. 知人善任

9. 替人说情时应该要（　　）。

A. 蓄意办糟　B. 受人之托，忠人之事

C. 拖延欺骗　D. 过河拆桥

10. 下列人物中哪个不是身残志坚的伟人？（　　）。

A. 苏莱曼一世之子塞利姆　B. 斯巴达国王阿格西劳斯

C. 苏莱曼一世之子桑格尔　D. 寓言大师伊索

11. “得发妻，舍长生。”（　　）拒绝了女神的永生请求，选择回国与发妻团聚。

A. 赫拉克勒斯　B. 埃涅阿斯　C. 普罗米修斯　D. 尤利西斯

12. 下列哪种做法体现了赚钱的诚信素养？（　　）。

A. 在人急需时漫天要价　B. 耍花招排挤对手

C. 薄利多销，勤奋经营　D. 倒买倒卖的行为

13. “睚眦必报，不过与仇家扯平；不计前嫌，方能高人一等”这句话是在说，（　　）是一种高贵的美德。

A. 宽恕　B. 真诚　C. 机灵　D. 博爱

14. 下列哪一种不是恰当的礼貌之道？（　　）。

A. 与同辈之间相处，兼有亲密和庄重

B. 认可他人的观点时，加上自己的看法

C. 自信且举止优雅

D. 凡事都想掺一脚

15. 在选择替自己出面洽谈的人时，不应选用（　　）的人。

A. 机灵狡黠　　B. 耿直磊落　　C. 巧言令色　　D. 经验老到

三、简答题

1.“这些不正当行为好比无足的蛇，只能靠肚腹卑微前行。”《论真理》中的这句话是什么意思？有什么作用？

2.《论善与性善》中有句话是：“权欲过度令天使堕落，求知欲过度令人类堕落，而博爱却不会过度，所以天使和人类都不会因此受到伤害。”如何正确理解这句话？

3.《论青年与老年》中在论述“热情放恣、欲望强烈且性情暴躁的人，往往都是要过了中年时期才能有所建树”和“性情稳重之人，他们在年轻时就都能大显身手且有所作为了”时，作者引用了哪些历史人物？他们的事迹又是什么？请简要概括。

4. 作者曾在《论财富》一文中给出“财神普路托斯在受天神朱庇特委任时总是磨磨蹭蹭、行动缓慢，而受冥王普鲁托差遣时总是星驰电发、健步如飞”这一虚构的两种解读，分别是什么？

5.《论虚荣》中曾提到小普林尼说“其实称赞别人也是在为自己找定位”，这句话怎么理解？

6.《论嫉妒》最后化用了《圣经》中的魔鬼和稗子的典故，有什么作用？

7. 在《论报复》中，对于朋友的背信弃义，科西莫和约伯分别是怎么看的，他们俩谁对谁错？

8. 作者是怎样以生动有趣的例子来说明《论快捷》中的“如果办事极其拖沓，就会付出高昂的代价”这个论点的？

9.《论司法》中强调“一旦有贪赃枉法的司法官吏，法院就变成了长不出甜果的荆棘丛”，贪赃枉法的司法官吏又可分为几类，分别对法院有什么危害？

10. “小伙子呀，少用鞭子，多拉缰绳哟！”作者在哪篇文章中引用了奥维德的这句话？又为什么引用呢？

四、阅读题

尼布甲尼撒王那棵王国之树的树干无论如何也得撑起其枝叶，这正意味着，一国之中本国民众应当与异族臣民数量相当。易发展成强大帝国的国家往往对异族臣民的归顺持开明态度，这并不难理解，纵然一个国家凭借智勇之谋收获了广袤的土地，然而一个小小的民族又能在历史的长河中逗留几时？只怕不多久便会分崩离析、不复存在了。斯巴达人排斥异族，所以即便他们在守卫国土时可以做到________（形容工事无比坚固。），可若是要对外扩张，他们的王国之树便会因难承其重而轰然倒下。与斯巴达恰恰相反的是罗马，罗马在接纳异族方面态度尤为开明，因而一度成为世界上最强大的国家。在罗马，外族人可以拥有罗马国籍（即公民权），除了具备贸易权、通婚权和继承权外，他们还被赋予了选举权和被选举权，并且这些权利不仅面向个人，更面向整个家族、整座城市，甚至面向整个民族。罗马人还热衷于殖民活动，在异国的土地上撒下本国的籽苗，从而使不同的民风习俗融合在一起。由此说来，并不是罗马在向世界扩张，而是整个世界在向罗马围拢，这正是罗马的强国之道。

但西班牙的情况有时令人________（意思是指对出乎意料的结果或不可思议的事物感到非常惊讶。）：西班牙人口稀少，却稳坐广阔的疆土。究其原因，大概有以下三条：一来西班牙的疆土本就是一根巨大无比的枝干，如此便比斯巴达和罗马的基础要好；二来西班牙虽然不接受异族入籍，但他们在招募士兵时却对本族和外族民众________（表示对人同样看待，不分厚薄。），异族人担任高级将领也不无可能；三则是西班牙自己能够意识到本国民众甚寡的情况，这点可从其国王颁布的诏书中看出。

1. 根据括号内的解释补充成语。

2. 如何理解画线句子“由此说来，并不是罗马在向世界扩张，而是整个世界在向罗马围拢，这正是罗马的强国之道”？

3. 根据第二段材料，用不超过十五个字归纳总结“西班牙人口稀少，却稳坐广阔的疆土”的原因。

参考答案

一、填空题

1. 胆汁　热忱敏捷

2. 运气　不可捉摸

3.《论随从与朋友》　《论友谊》　《论建房》　《论园林》

4. 论证　推理　疑问　见解　调侃　科学

5.《论习惯与教育》

6. 爱恋与理智不能共存

7. 长子长女　幼子幼女　年纪居中的　最有出息

8. 复仇　爱恋　荣誉　悲痛　恐惧

9. 饱餐　早眠　运动

10. 取有其法　用有其度　施之可以悦己　蓄之可以宽心

11. 商人数量　商人素质　国家税收　贫富差距　土地价格　工业改良

12. 无可厚非　因怒气而犯罪　含怒气直到日落　对伤害过于敏感　对蔑视过于敏感　名誉受到侵害

13. 极端利己者

二、选择题

1.B　2.D　3.C　4.B　5.D　6.C　7.A　8.D

9.B　10.A　11.D　12.C　13.A　14.D　15.C

三、简答题

1. 蛇引诱人类始祖亚当和夏娃偷吃禁果，上帝发现后惩罚蛇用肚腹行进，终生吃土。以蛇作比，意在突出虚伪狡诈行为的可鄙。

2. 天使堕落：撒旦率领三分之一的天使反叛，挑战上帝的权威，因而被逐出天国。人类堕落：人类始祖亚当和夏娃受蛇的引诱违背上帝的命令吃了伊甸园中知识树上的禁果，而被上帝惩罚。追求权力和知识固然是好事，可一旦过度竟会带来如此大的伤害，然而善意却从未也不会因过度而给天使和世人带来伤害。

3. 塞维鲁，48 岁才当上罗马皇帝。恺撒，到 53 岁时才打败对手庞培，开始了独裁统治。奥古斯都，33 岁时就被确认为“终身保民官”，开始了对罗马帝国的统治。科西莫在 18 岁时就担任了佛罗伦萨公爵，50 岁成为托斯卡纳大公。加斯东，意大利战争时期的名将，年纪轻轻就任统帅的他极具军事家的魄力。

4. 第一种：勤劳和汗水铺成的发家之路很漫长，而凭借他人的死亡，如继承遗产之类，便能很快致富。第二种是将普鲁托视为魔鬼，从而得出结论：如果是从魔鬼手中获得财富，像是通过欺骗压榨等不正当手段谋财，那么财富便来得很快。

5. 所赞之人要么不如自己，要么胜于自己：如果不如自己的人都值得赞许，那自己就更值得赞许了；如果胜过自己的人还不值得赞扬，那自己便更不值得赞扬了。

6. 化用典故形象地阐明了是嫉妒驱动魔鬼播撒罪恶的稗子，破坏世间的美好。
7. 面对不忠诚的朋友，科西莫疾声厉色，约伯则选择宽而待之。这两种观点并无孰对孰错，只是有时候退一步可得海阔天空。
8. “斯巴达人和西班牙人就以拖泥带水的办事作风闻名于世，于是才有了‘希望我的死神来自西班牙’这一说法”，这句话是在说死神如果来自西班牙，那他定会姗姗来迟。以西班牙人做反面教材，举例合理且不失风趣幽默。
9. 第一种，他们无事生非挑起诉讼，这种人不但造成了法院的冗员现象，而且还会使国家走向下坡路。第二种，他们为一己私利而鼓吹扩大法院的司法权，进而把法院卷入司法权限争执，无疑是法院的蛀虫。第三种，他们两面三刀、施奸耍滑，破坏法院的正常秩序，进而使司法与公正误入迷途。第四种，他们通过不正当手段收取或敲诈诉讼费，从来法院讨公道的人身上牟利。
10. 在《论谈话》一文中引用。“少用鞭子”即少用尖酸刻薄的话伤人；“多拉缰绳”即多注意自己的言行，自我克制。这句话巧妙地运用了指代蕴含，生动形象地论证了不要将尖酸刻薄视为一种机智。

四、阅读题

1. 固若金汤　大跌眼镜　一视同仁
2. 罗马在接纳异族人方面的态度极为开明，外族人在罗马享有广泛的权利。除此之外，罗马积极进行殖民，在各个地方都留下罗马文明的印迹，并以其包容的文明去融合世界其他文明，之后这些文明都会积极向罗马文明靠拢着发展，罗马因而得以真正强大。

3. 广阔疆土、包容异族、了解国情。

大家天天读

—— 培根随笔 ——

的优点也正为自己所长，那就千万别吝啬对他人的赞扬。小普林尼如此说道："其实称赞别人也是在为自己找定位。所赞之人要么不如自己，要么胜于自己：如果不如自己的人都值得赞许，那自己就更值得赞许了；如果胜过自己的人还不值得赞扬，那自己便更不值得赞扬了。"

好虚荣爱自夸之人为智者所蔑视，为愚人所艳羡，为谄媚者所奉承，为自己的谎言所奴役。〔言简意赅，总结不同人对待虚荣者的不同态度。〕

论嫉妒

七情六欲中，爱情和嫉妒最能蛊惑人心。这二者透露的欲念都很强烈，一是容易让人想入非非，二是容易暴露在眼神之中，尤其是在爱恋或嫉妒对象出现的时候。

《圣经》将嫉妒之心称为"毒眼"，占星师把厄运之星称为"凶视"。由此可见，人们大概普遍认为，人在嫉妒时，总会投射出特殊的目光。更有人观察得细致入微，发现嫉妒的对象风头正盛时，嫉妒者的目光最是凶狠。与此同时，嫉妒的对象春风得意，情绪外露，也最易受到伤害。❷

尽管有时值得一叙，但此刻暂时不谈这些，接下来我们将探讨一下什么人好妒、什么人遭妒，以及公妒和私妒的区别所在。

一无是处的人易妒他人之长。人心获慰不是靠自身之善就是凭他人之恶，缺了其一便欲求其二，所以对他人长处望尘莫及〔望见前面骑马的人走过扬起的尘土而不能赶上。比喻远远落在后面。〕者必会极力贬低他人以求内心的平衡。

好事八卦之人极其好妒。他们极力打听那些与己无关的事情，只是为了在旁观他人祸福时收获看戏般的快感。一心只扫门前雪的人无暇嫉妒他人，

因为嫉妒太过淘气，总爱游荡于大街小巷，不会安分地待在家里。所以古人曾说：“好事者必不怀好意。”❶

世家大族者常常会对新贵怀有妒意，因为两者间的地位差距有了变化。虽然只是别人地位提升了，他们却觉得自己的地位在下降。

残疾者、宦官、老人及私生子皆易妒，无法弥补自身缺陷的人总是千方百计地给别人找麻烦。英雄豪杰们却与之相反，即使他们有缺陷也并不以此为耻，反而励志将缺陷变为荣耀，只为倾听人们慨叹：“这样一个阉人、一个瘸子竟也能成就如此伟业。”宦官纳尔西斯、跛脚阿格西劳斯以及帖木儿都正是如此。〔纳尔西斯，拜占庭皇帝查士丁尼一世的宦官，曾为将军，战功卓著；阿格西劳斯二世，斯巴达历史上的传奇国王，有“跛脚国王”之称；帖木儿，即跛子帖木儿，建立了帖木儿帝国。〕

历经大风大浪后东山再起的人也好妒。毕竟他们也常常愤世嫉俗〔对当时的社会和习俗表示愤恨、憎恶。〕，欲以他人之苦来抵偿自己经受的磨难。

心浮气躁却凡事都想高人一等者亦为好妒之人。他们虽可广泛涉猎，却难事事领先，因此常常妒意难平。罗马皇帝哈德良〔罗马帝国安东尼王朝的第三位皇帝，五贤帝之一。哈德良是一位博学多才的皇帝，在文学、艺术、数学和天文等领域都造诣颇深。〕就是这种人，他擅长诗画工艺，因而常常嫉妒优秀的诗人画家及巧手之匠。

亲友同僚、儿时伙伴见平辈之人飞黄腾达最易生妒，在他们眼里，这些人的高升就是在与自己作对，就是在指责自己的无能。这些人的升迁在他们心中犹如梦魇，其他人对升迁者的关注与讨论更是助长了他们的嫉妒之火。上帝悦纳亚伯的贡品时无他人旁观，这就加剧了该隐对兄弟亚伯心存的邪恶妒火。❷

关于好妒者就暂且说到这里，接下来就谈谈那些容易遭人嫉妒之辈。

于德高之人，德行越高越不易遭妒，因为他们即便交了好运，也会被认为是理所当然。理所当然的回报自然无人妒忌，人们妒忌的大多是慷慨的赏赐。嫉妒常在攀比之间产生，没有攀比便没有嫉妒。〔此句点出了嫉妒产生的主要原因，也是不破的道理。〕因此，君王只会嫉妒君王。不过值得注意的是，无名之辈初露锋芒时常常招人妒忌，但往后嫉妒之情会慢慢减轻。与之相反，声名式微〔由兴盛而衰落。〕之辈好运连连时极易招人妒忌，只因后来者居上，他们的光彩已不复当年。❸

贵族世家的人高升时并不招人嫉妒，仿佛这是他们与生俱来的权利，也不会让他们原本的生活更优渥。嫉妒好比日光，照射在峭壁要比照射在平地上更显炽热。同理可知，逐步升迁者要远比扶摇直上〔形容地位、名声、价值等迅速往上升。比喻仕途得意。〕之人少遭嫉妒。❹

历经磨难而取得成绩的人不易遭妒。人们深知他们的荣耀来之不易，有时还会对其施以怜悯，而怜悯同情之心恰恰能阻止妒意横生。因此便不难发现，一些位高权重、经验老到的政客总向别人诉说自己的辛酸苦楚。然而，这并非他们的真情实感，不过是想借此收敛自身锋芒来减轻他人的妒意，仿佛他们只是任务加身、身不由己，而

MINGSHI DAODU

名师导读

❶ 两耳不闻窗外事，一心只扫门前雪，如此怎还会有工夫去嫉妒他人？

❷ 该隐和亚伯分别是亚当、夏娃的长子和次子，该隐种地，亚伯牧羊。《旧约·创世纪》第4章中写道：“耶和华看中了亚伯及其供物，只是没看中该隐和他的供物，该隐就大大地发怒，变了脸色。”后来，该隐把亚伯杀了。

❸ 可见，一个人在发迹路上，总是经历“易招妒”到“不易招妒”再到“易招妒”的起起伏伏。

❹ 以日光作比，说明成就越突出就越受瞩目，亦会因此招来嫉妒，正所谓“枪打出头鸟”。

非野心勃勃、好大喜功。毕竟后者更易助长他人妒火，居高位者要想消除妒忌，莫过于下放权力，让下属各司其职，如此一来便将嫉妒远远隔开了。

最招人嫉恨的要数那大富大贵又盛气凌人〔以骄横的气势压人。形容傲慢自大，气势逼人。〕之辈。他们须得炫耀显摆——要么放纵浮躁，要么逞强好斗，才能身心舒畅。而在嫉妒面前，聪明人却宁愿在无关紧要的事情上退让三分。事实也是如此，权贵中磊落坦荡的总要比伪饰狡诈的少遭人妒忌。伪饰狡诈的人总是在否认运气，好像连他自己都觉得应该与荣华无缘，因此更招别人的嫉妒。〔本就大富大贵，还只一味虚伪地否认自己不该是富贵人，这种人怎能不令人嫉恨？〕

正如前文所述，嫉妒中多少带有巫术的成分。若要将嫉妒根除，便只能采用根治巫术的方法，即转嫁邪气于他人。因此，精明的大人物们往往找别人替自己抛头露面，借此把本应针对自己的嫉妒转移到他人身上。转嫁的对象有时是侍从或仆人，有时是同事或伙伴。而总有一些好事之徒愿意这样代人受过，因为他们为了获得权势可以不惜一切代价。

如上可见私妒一无是处，然而谈及公妒，却是有利有弊。一方面，公妒好比古希腊的陶片放逐法❶，制衡权重之人、约束大人物，以免其逾

MINGSHI DAODU
名师导读

❶ 陶片放逐法，又称“陶片流放法”或“贝壳放逐制”等，是古希腊雅典等城邦实施的一项政治制度。雅典公民可以在陶片上写上那些不受欢迎以及极具社会威望、广受欢迎、最可能成为僭主的人的名字，并通过投票表决将企图威胁雅典民主制度的政治人物予以政治放逐。

❷ 典故出自《新约·马太福音》第13章第25节，原句“及至人睡觉的时候，有仇敌来，将稗子撒在麦子里，就走了”。作者此处化用典故，形象地阐明了，是嫉妒驱动魔鬼播撒罪恶的稗子，破坏世间的美好。

制〔违反制度。〕僭越〔超越本分行事。僭：jiàn〕。另一方面，这种嫉妒在拉丁语中叫 invidia，在当今英语中称作“不满”。对国家而言，它就像传染病一样，一旦入侵便会扩散蔓延到身体的其他健康部位。一旦国民产生这种情绪，面对再合理的国家决策，他们也都只会一味诋毁；之后国家无论采取什么样的措施，都无法再笼络民心，反而会显得软弱无能。如此一来，便弄巧成拙，损失更甚。而这也正像传染病一样，你越是怕它，它越要找上门来。

这种“不满”似乎主要针对高官重臣，而非君主与国家。但有一点非常明确：若是突然便有公妒无缘无故地指向某位大臣，或者一国中所有的高官，那么即便这种妒恨隐而未发，它也无疑是指向国家的“不满”。这便是公妒，或者称作公愤。

总而言之，在人类所有情感中，只有嫉妒最难以释怀。古人言：“嫉妒它从不休息。”别的情感总是有起有伏，发生在特定的场合，偶尔有之，只有嫉妒不眠不休，一直在人心头作祟。故而人们发现，不同于其他感情，爱情与嫉妒总是不依不饶，令人憔悴。嫉妒是人类最低劣的情感，也是魔鬼固有的天赋。黑夜里，在魔鬼游走在麦田里播撒稗（bài）子的时候，是嫉妒在暗中作梗〔暗自从中阻挠、破坏。〕，破坏世上像麦子一样的美好之物。❷

论作伪与掩饰

掩饰不过是一种怯懦的策略或智谋。正确把握讲真话、办实事的时机需要才智与勇气，故而只有软弱的政客擅长作伪。〔开篇总括全文思想：谋略与作伪的辩证关系。〕

塔西佗曾说：“莉维娅兼有其夫奥古斯都的谋略之才和其子提比略的掩

饰之长。”在鼓动韦斯帕芗举兵反抗维特里乌斯时，木奇亚努斯说道：“我们面对的并非奥古斯都的谋略与洞见，亦非提比略的谨慎和隐晦。”这些权谋策略或审慎掩饰确实是人的不同秉性，我们应当对其加以区分和辨别。如果一个人的洞察力足够敏锐，能分辨出何事应公之于众、何事该秘而不宣〔把知道的消息、情况隐秘起来，不告诉别人。〕、何事须半遮半掩，并懂得因时而异、因人而异之道（此为塔西佗所称道的治国纲领），那么掩饰于他而言反倒碍手碍脚。但倘若一个人没有明察秋毫的本领，那他便只好处处遮掩；因为就好像眼神不好的人走路时都要放慢脚步一样，当一个人遭遇难以抉择又无法变通的事情时，掩饰无疑是上上策。❶ 毫无疑问，古往今来的那些行事磊落、为人诚信之士皆为人所称道，他们犹如训练有素的骏马，前进时知何时止步、何时转向；他们的好名声远扬四方，因此即便有时出于需要而有所隐瞒，也鲜有人察觉或识破。

自我掩饰可分三等：一等为守口如瓶、不动声色，叫人看不出破绽，抓不到把柄；二等为故弄玄虚、混淆视听，只为故意显迹，遮蔽真相；三等为弄虚作假、改头换面，意在捏造事实，伪装自己。〔三层自我掩饰的划分，层层递进。〕

一等，守口如瓶、不动声色。这种德行倒是在神父倾听别人忏悔时可以称作优点。守口如瓶的人必然能听到许多忏悔，毕竟谁会愿意向多嘴之人倾吐心声呢？好比高压的空气总能吸引低压的空气一样，严守秘密总能使他人愿意吐露真言。尽管忏悔者只是为了减轻心里的负担而非全然暴露自己，倾听者却总能借此了解到许多隐私。简言之，善于保密者就长于知人秘密。说实话，敞开心扉就像袒胸露乳，非但不会彰显尊严，反倒会显出不雅。高谈阔论〔多指不着边际地大发议论。〕之徒大多自负虚荣且轻信谗言，对所知之事大肆渲染，对不知之事也说三道四。❷ 由此观之：守口如瓶既是一种谋略，也是一种修养。在此之上要记住的是，说话时最好只出声而莫动色，因为表情特征最易暴露内心，引人注意且更有可信度。

二等，故弄玄虚、混淆视听。掩饰势必与隐秘形影不离。若要隐秘，则须在某种程度上做掩饰。因为人们可没那么傻，不会既向你倾诉秘密又相信你不会泄露出去。他们定会喋喋不休〔唠唠叨叨，说个没完没了。〕，设法套出你的秘密来。只要开口说话，那你总会在某句话中露出破绽；即使你三缄其口〔形容说话谨慎。现在也用来形容不肯或不敢开口。缄：jiān〕，他们也会从你的沉默中猜出点儿什么；至于支支吾吾，敷衍搪塞〔指马马虎虎应付了事。〕，也只是权宜之计。因此，除非留有混淆视听的余地，否则任何人都难以保密。

三等，弄虚作假、改头换面。除非事关重大，否则这种做法更像犯罪，而非谋略。弄虚作假成性，便会成为恶习。究其根源，则大都出自虚伪的天性、怯弱的个性或是鬼祟的心性。而正是为了掩饰这些弱点，人们才不得不在其他事情上也作假，以免弄虚作假的手艺生疏。❸

作伪与掩饰的利处有三。其一，麻痹对手，遂能攻其不意；因为如果将自己的意图公之于众，便等同于警醒了对手，使自己腹背受敌〔前后受

MINGSHI DAODU

名师导读

❶ 对比、比喻论证，辩证地说明洞见与掩饰各有所长，应当具体问题具体分析。

❷ 从反面指出全然讲实话甚至碎嘴饶舌并不得体，从而引出后面的结论。

❸ 正如说一个谎，需要再撒一百个谎去圆，为了掩饰一个弱点就必须在其他各个方面都作假，以成体系自圆其说。如此正是恶性循环。

到敌人的夹攻。〕。其二，留有退路，方可保全自身；要知道若是明确了自己的计划，要么言而有信，坚持到底，要么被一举击溃，彻底失败。其三，窥人之私，以全一己之欲；倘若对一个人的内心想法了如指掌，则大可对其意见听之任之，不提出异议，无须口舌之争，只需心上计较。西班牙有句鞭辟入里的话："一句假话，套出一段实情。"似乎只有借助谎言，方可道破真相。

同样，作伪与掩饰的弊处也有三。之一，心虚胆怯，由此畏首不前；作伪掩饰者往往心虚，所以在行为处事时通常瞻前顾后〔在此形容顾虑太多，犹豫不决。〕。之二，蛊惑他人，只得孑然一身〔指孤单一人。孑：jié〕；作伪掩饰者制造的假象往往会使他人迷惑，难以与之合作，所以最后不得不孤军奋战。之三，背信弃义，痛失处世之本；最大的害处莫过于此，因为作伪掩饰者失去了处世之本——信用。

因而，坦荡磊落的名声、守瓶缄口的习惯，恰当的掩饰以及必要的作伪，这才是最完美的素质。

名师赏析 MINGSHI SHANGXI

人性皆有弱点，如怒气、嫉妒、虚荣、作伪，如何将其克制则是人生修行的要义。"别人生气我不气，气出病来无人替。"这句话虽然粗糙，却言之有理。人们不仅应该怒气上有所克制，在虚荣和嫉妒方面也是如此。适度的虚荣在很多方面都是有益的，一旦过度就没那么美妙了。嫉妒也是如此，嫉妒的前身本是羡慕，但任由嫉妒之火越燃越烈可能会造成一发不可收拾的局面。作伪与掩饰实则是虚伪的表现，并且还要讲究恰当的手段。对此四者，如若利用得当，也不失为人生助力。

好词好句 HAOCI HAOJU

大言不惭　不二法门　无状　无伤大雅　想入非非　望尘莫及

愤世嫉俗　式微　扶摇直上　盛气凌人　逾制　僭越　暗中作梗

秘而不宣　喋喋不休　三缄其口　敷衍搪塞　腹背受敌　瞻前顾后

孑然一身

生气本无可厚非，但不该因怒气而犯罪，也不要含怒气直到日落。

延伸思考 YANSHEN SIKAO

1.《论怒气》中谈论了克制怒性、遏制怒行的要点，那在生气时你觉得应该怎么做呢？

2. 从《论虚荣》一文中我们发现原来虚荣并不是只有坏处，那你知道虚荣对自己会有哪些不好的影响吗？另外，你从《论嫉妒》一文中收获了哪些解决嫉妒的方法呢？

3. 原来掩饰有时还是必要的，在《论作伪与掩饰》中你还有哪些新的认识？

九、自私之鄙

论利己之道

若论自我营生，动物中蚂蚁可谓是绝顶聪明，但到了果园里，它却是祸患无穷的害虫。由此不难看出，过分自私的人往往对公众有害。〔在自我营生方面，蚂蚁是动物界有名的建筑专家，建造出来的蚁窝牢固安全又舒服，蚁窝周围还有一些方便储备食物的地方。在果园里，有些蚂蚁以果实为生。以蚂蚁作比，点明自私之人不利于公众，引出下文。〕

理智地划清公众与私人的界线，就不会因忠于自我而亏欠他人，更不会有负于君主和国家。凡事以自我为中心是不理智且不可取的，就好比地球只以自己的中心为轴自转，而宇宙中的其他天体皆有其环绕的中心，并从中获益匪浅。〔培根支持地心说（指地球处于宇宙中心且静止不动），不认同哥白尼的日心说（太阳是宇宙的中心）。在人类现有技术条件下可以判断出地心说在太阳系是错误的。〕一切都以自我为中心，这对于君主来说无可厚非，因为君主不仅代表着个人利益，其福祸之运还关系到万千民众。但对君主的臣仆或是国家的公民来说，一切以自我为中心则是一大恶行，因为若是凡事以自我为中心，那么无论什么事情，他们都会从自身利益出发而不顾大局，这恰恰与君主或国家的目的背道而驰。由此观之，国家或君主任用臣子万不能选择这样的人，除非只是让他们处理一些无关紧要的琐事。一旦重用以自我为中心的臣子，最大的害处就是使纲常失衡。把臣子利益置于君王利益之上已是违反伦常，而为了臣子之小利而损害君主之大利更是大逆不道。〔此处编者采用中国儒家的纲常（即三纲五常）思想中的一点：君为臣纲，即君主应该是臣子的表率。〕那些贪官污吏、奸佞狡诈之臣大都如此，为了一己私利而搞歪门邪道，进而损坏君主的功绩，破坏君主的宏图。多数情况下，这些人谋得的一点小利不过个人屈指可数的财富，可他们为此牺牲的公利却堪比君主的宝库。为了烤熟自己的几枚鸡蛋，不惜放火烧掉公家的房子，这就是极端利己者的本性。〔贴切的讽刺之语，鲜明地道出极端利己者的自私。〕然而这些人还往往深受主人信任，因为他们的心思全放在了如何讨好主人上面，但也只是为了给自己捞好处。不管是出于哪种考虑，他们对主人的利益都漠不关心。

聪明的利己之道说到底仍是一种歪门邪道。这就像是老鼠的智慧，寄居房屋要塌了，所以事先出逃；又像是狐狸的智慧，将獾〔也叫狗獾、欧亚獾，是分布在欧洲和亚洲大部分地区的一种哺乳动物。獾：huān〕撵走，然后把獾洞占为己有；也像是鳄鱼的智慧，吃了别人，还要掉几滴眼泪。〔“鳄鱼的眼泪”是一句有名的西方谚语，指鳄鱼将猎物抓捕到手之后，在贪婪地吞食的同时，会假惺惺地流泪。此语喻指虚假的眼泪、伪装的同情，而后约定俗成地引申为专门讽刺那些一面伤害别人、一面装出悲悯善良之态的阴险狡诈之徒。〕

然而值得注意的是，那些如庞培一般只爱自己的人，往往落不得好下场。〔《论友谊》中有对庞培的介绍，而庞培的结局是败于恺撒后逃往埃及，最终被刺身亡。〕虽然他们总是为利己而牺牲他人，且自以为是地认为已经凭借小聪明绑住了命运的翅膀，但须知命运无常，他们终有一天也会成为被牺牲

MINGSHI DAODU
名师导读

❶ 以法国人和西班牙人的对比开启本文话题——个体之间的聪明差异，为下文对假聪明的论述做铺垫。

❷ 此话并非出自古罗马作家格留斯，而是古罗马演说家、修辞家昆提利安。

❸ 举例论证，就性格和内心最坚强的君主也免不了有疑心病，可见疑心不一定是心病，也许人性中本就有这种病根。

的那部分。

论假聪明

世间流传着这样一种说法：法国人事实上比表面上聪明，而西班牙人恰恰相反。民族之间的差异是否属实暂且不谈，个体之间的确存在这样的不同。❶

正如使徒圣保罗所言："有些人外表虔诚，而内心虚伪。"现实生活中确有这样的人，他们看似聪明能干，却往往不做事、少做事，或是"费大力气做小事"。这些人故弄玄虚，以虚代实，以浅代深。他们的伎俩看似聪明，实则滑稽至极。他们常表现得讳莫如深〔指把事情隐瞒得很紧。讳：huì〕，仿佛满腹经纶〔形容人极有才干和智谋。〕只能在暗处示人，且总是有所保留；其实他们心里清楚，自己对所言之事知之甚少，却还要给人留下知道很多却不愿多说的印象。有些人的聪明只体现在表情手势上，西塞罗曾评价过某人"明明一边眉毛高扬，另一边眉毛低垂，却还回答不赞成虐待"。〔眉毛一低一高的神情即是在表示自己的否定，却还做肯定回答，可见此人自相矛盾，必是赞成虐待。〕有些人觉得用词浮夸、不懂装懂便是聪明；有些人以为对茫然不解的地方嗤之以鼻可以显得无所不通；还有些人则认为只要自己能够标新立异，就可通过诡辩来错开话题，掩饰自己的无知。格留斯这样评价这几类人：“巧舌如簧〔形容花言巧语，能说会道。〕却总搅坏大局的蠢材。”❷在《普罗塔哥拉篇》里，柏拉图就让这类人的代表——普罗蒂库斯做了一场全为奇谈怪论的讲话，以此为例来对这类人加以嘲讽。〔普罗塔哥拉和普罗蒂库斯都是希腊智者派的哲学家，智者派又是一种诡辩学派，对自然哲学持怀疑态度，认为世界上没有绝对不变的真理。〕在通常情况下，这类人议事时专爱提否定意见，还要提示行事难度易以显得自己颇有见地，毕竟新意见被采纳就会有新的工作，若是被否定也就立刻结束了，所以说假聪明是行事的祸源。

总而言之，就像落魄的商人或富翁维护表面风光一样，这些无能之辈为了保持能干的形象，也会不择手段。由此看来，假聪明者或许也可以竭尽所能博得个好名声，但在选择担任重要职位的人选时，万万不可将其考虑在内，而应任用那些大智若愚〔某些才智出众的人不露锋芒，看来好像愚笨。〕的人。

论疑心

疑心犹如蝙蝠，总是在黄昏时分出没。〔将疑心比作蝙蝠“在黄昏出没”，这一说法给人一种疑心并非善物的感觉。〕毫无疑问，疑心应该被消除，起码应该得到抑制。因为不加管制的疑心会蒙蔽大脑、破坏友谊甚至妨碍公务，使一切事都进行得颇为不顺。疑心还会使君主易施暴政，令丈夫好生嫉妒，让智者优柔寡断。其实，疑心并非心病而是脑疾，因为即使是性格和内心最坚强的人也免不了偶有猜疑，英王亨利七世便是其中个例，论性格之坚和疑心之重，此人都堪称世界之最。❸然而，这样的人多半不够自信，常常怀疑自己，凡事总要先严加考察，明辨真伪，所以疑心一般不会对他们造成多大伤害。但是对于生性胆小之人，疑心一生便会越发严重。对形势所知甚少最易令人生疑，因此消除疑心的最佳方案便是多了解情况，以免心怀猜疑，雾里看花。

世人为何如此多疑呢？难不成他们以为自己所交往的人都该是圣贤吗？还是认为别人都要大公无私、舍己为人？抑或是觉得别人都应该对自己忠心耿耿？❶

不难推测，减轻疑心的最好方法之一是把猜疑视为即将发生的事并加以防备，之二则是把猜疑当成不切实际的假设而将其抑制。如此未雨绸缪〔天还没有下雨，先把门窗修补好。比喻事先做好准备工作。绸缪：chóu móu〕，将猜疑严加防范，即便所疑成为现实，也不致深受其害。不过，自己凭空的猜疑不过是扰人的嗡嗡蚊鸣，旁人添油加醋的流言猜忌才尖锐刺耳。解决这种猜疑的上上策就是开诚布公〔指以诚心待人，坦白无私。〕，把自己疑心的对象和事情都说出来。这样原本猜疑的人能更清楚地了解情况，被猜疑者也可行事更加小心避免招人猜疑。只不过，这种方法最好避免用在卑劣小人身上，因为这般小人一旦知道自己被猜疑，便极难再真诚待人。

意大利有句俗语："疑心是忠诚的证件。"就像猜疑真的在忠诚离开时给它发了通行证一样，但事实上，正是因为有了猜疑，忠诚才更应该自证清白。〔这段话论证了疑心和忠诚的辩证关系，疑心并不代表着忠诚的离去，恰恰相反，正是因为疑心的存在，人们才更应该做到忠诚，这才是人性之美。〕

论狡猾

狡猾是一种阴险而扭曲的智慧。❷

狡猾之徒和聪慧之人固然大不相同，其差别不仅在于是否诚实，更表现在能力强弱方面。牌场上，有人擅长在洗牌时搞小动作，但论牌技却远不如人；官场上，有人左右逢源〔含褒义，比喻做事得心应手、非常顺利；极少数时为贬义，用来讽刺为人圆滑，善于投机取巧。此处取贬义。〕，结交众多狐朋狗友，但除此之外一无是处。要知道洞察人心是一回事，明察事理是另外一回事。许多人能够轻易把握住他人的脾气秉性，却缺乏做实事的能力，那些总是揣摩他人心思却不怎么研读书籍的人便是如此。这类人只适合处理平常琐事，而不能参政议事；他们只能在自己的圈子里小打小闹，一旦和陌生人打交道就会显得畏首畏尾。还是那句老话说得好："只要把两个人赤裸地放在陌生人跟前，谁是智者谁是愚者便高下立见了。"〔意在说明狡猾者的聪明实在登不上台面，在真正的智慧面前便相形见绌了。〕

狡猾之徒大多像些小商小贩，如今抖抖他们的家底也就不算过分了。❸

狡猾的第一个要点，就是要在与人交流时察言观色〔察言观色，此处指揣摩别人的心意。〕，因为即便再聪明的人也难保内心的隐秘不形于色，与此同时，察言观色时还要假意谦恭，就像耶稣会会士戒律中规定的那样。〔耶稣会是天主教主要修会之一，为半军事组织，仿军队建制，纪律

MINGSHI DAODU

名师导读

❶ 连发四问，意在说明多疑的不合理性，并引出下文对减轻多疑的方法的论述。

❷ 开篇总括全文，以一句下定义的说明激发读者阅读兴趣，使人思考狡猾的阴险和扭曲的表现形式。

❸ 对比之后，开始揭露狡猾小聪明的表现。过渡句，引出下文。

MINGSHI DAODU
名师导读

❶ 举例论证，具体说明了狡猾之人是如何通过“顾左右而言其他”最终达到自己的目的的。

❷《旧约·尼希米记》第2章第1节中写道：“在王的面前，我从无愁容。”尼希米，属犹大支派，在异邦生长的犹太人，在波斯皇宫内任酒政（皇帝的亲信大臣）。欲归家乡的尼希米在波斯王面前故露愁容引王发问，后来经波斯王应允带领犹太人回耶路撒冷。

森严。以一般修会三愿（贫穷、贞洁、服从）为基础，强调绝对服从教皇。耶稣会会士可以不穿僧衣，不过隐修生活，以各种掩饰手段渗入社会各阶层，参与各种活动。〕

狡猾的另一个要点，就是若有求于人，要先顾左右而言他以讨此人欢心，待其放下警惕才提出自己的真正需求。有一位枢密院的官员兼国务大臣便是如此，在请示伊丽莎白女王签署文件时，他总要先拉着女王商议国家大事，这样一来女王的注意力被分散，也就不会再特别关注要签署的文件了。与之类似的，也可以趁别人忙得应接不暇时提出请求，这样他就来不及仔细考虑你求的是什么了。❶

如果你想反对某项提案，但又担心别人巧妙的论据会将你的意见驳回，那你可以假意表示赞同，然后自己在会上提出，不过是以一种会让其被否决的方式。〔表面一套，背地里一套，可谓两面三刀。〕

话说一半欲言又止只会激发听者的好奇心，让人更想一问究竟。

相比不打自招，几经询问得知的事情更令人信服，所以有想说的事情，不妨设计让别人来问，比如装出异于平常的神色，使得别人前来询问缘故，就像当年尼希米所做的那样。❷

遇到难言之隐或是令人不快的情况时，应该让人微言轻者先打破僵局，之后你再装作碰巧介入，也好回答别人关于之前问题的提问。当年纳西索斯向克劳狄报告梅萨丽娜和西利乌斯的婚事时，借助的就是这样的手段。〔罗马皇帝克劳狄的第三任妻子梅萨丽娜与情夫西利乌斯举行秘密婚礼，向皇帝通报这一事情的皇帝秘书纳西索斯先是让其他人给皇帝报了信，之后再向皇帝说明此事。〕

想要谈论某事却又不愿把自己牵涉其中时，就可以采取狡猾的手法——假借大家的名义，像“人们都在说……”或是“听闻传言……”以及诸如此类的话。

曾经认识这么一个人，写信时这人总是将那最要紧的事情写在附言里，好像那事是可以一笔带过似的。还曾认识那样一个人，说话时那人总是将最想说的话放在最后，待谈天说地好几圈后才说起欲言之事，还表现得像是差点把这事给忘了似的。

有些人遇见想要影响的人，总爱佯装吃惊，往往手里还会拿着信或是忙着做不经常做的事，这些都是为了让来人主动挑起话题，以便他们说出自己本来就想说的话。〔狡猾中必定有伪装，明明是自己想与别人谈论这个话题，还偏偏装作置身事外的样子并让别人来做主动的一方，果真虚伪。〕

狡猾的另一手段便是自己发表某一言论，故意让别人听去学舌，进而从中为己谋利。伊丽莎白时代有两位臣子，二人都想争取国务大臣一职。这两人平时十分要好，经常一起商讨事务。有一次，其中一人说到，王朝式微时，朝廷要臣将处理棘手之事，此等麻烦事自己实在不愿意揽；另一人接过这个话题并对身边好友说，自己确实没有理由在衰落的王朝中担任重职。最先说话的那人借机拿此事大做文章，想方设法使之传到女王耳朵里。因其言语中有王朝衰落之说，女王从此便不愿再听那第二个人的任何请求了。

MINGSHI DAODU
名师导读

❶ 布鲁斯是罗马皇帝尼禄的老师，曾任禁卫军长官。在布鲁斯退休后，提格利努斯被皇帝尼禄提拔为禁卫军长官。塔西佗《编年史》第14卷第57章中，提格利努斯在评价他人时以布鲁斯做反面教材，颇有指桑骂槐之意。

还有一种叫作“锅里翻饼”的狡猾手段，就是明明一句话是此人跟别人提起的，他却硬说自己是听对方讲的。其实也难怪，毕竟两人之间谈话总是不好弄清是谁先起的头。

还有一些人，为了自证清白，不惜将别人说成是反面教材，这也是一种狡猾的手段，比如他们会说：“我才不会做出这种事儿呢。”正如当年提格利努斯拿布鲁斯来说别人：“他绝无异心，只是想确保君主平安。”❶

还有些人会事先搜罗许多故事素材，之后无论他们想传达些什么，都会利用这些素材加以粉饰包装。如此一来既能保护自己，又方便传播自己的想法。

巧妙地将自己想要得到的回答夹在提问之中，也算得上一种狡猾之道，而且这种做法还能减少回答者的麻烦。

趁人不备时突然发问通常会令对方措手不及，从而暴露心迹。就好像某人虽已改名换姓，但若突然被另一人直呼原名，也定会下意识地转过头去。

凡此种种的狡猾之道实在数不胜数，若是能将这些都一一陈列出来，确实是件好事。因为对于一个国家来说，将狡猾之徒误当作聪明之士，将会后患无穷。

有些人只了解到事物发展的兴衰之势，却不懂其中沉浮的缘由；就像一座房屋里只有便于通行的入口和楼梯，却没有像模像样的房间。〔以房屋作比，意在说明这些人对事物的认知只停留在表面并没有深入，难怪后文说他们难成大事。〕所以虽偶尔碰巧可见此类人有所成就，但罕见他们办成什么大事。然而他们却常常从自己的无能中获利，被误认为是可造之才。有些人能有立锥之地不是凭借自身的本领和能力，而是依靠欺骗和利用他人。但是所罗门曾言："处事谨慎是智者所为，处事奸诈才是愚者所为。"〔引用论证，进一步说明狡猾非但大智慧，在某种程度上还是种愚蠢。〕

名师赏析 MINGSHI SHANGXI

北大教授钱理群先生曾说，现在有些"精致的利己主义者"，他们高智商、世俗、老到、善于表演、懂得配合，更善于利用体制达到自己的目的，这种人一旦掌握权力，比一般的贪官污吏危害更大。其实这种利己之道正是将假聪明和狡猾巧妙地融合到了一起，自私自利又圆滑世故。这种利己会导致与人交往时的不真诚，令人生厌。此外，信任是人与人相处的基石，而猜疑代表着不信任，所以一定不要让疑心左右了自己。

好词好句 HAOCI HAOJU

讳莫如深　满腹经纶　巧舌如簧　大智若愚　未雨绸缪　开诚布公
左右逢源　察言观色

虽然他们总是为利己而牺牲他人，且自以为是地认为已经凭借小聪明绑住了命运的翅膀，但须知命运无常，他们终有一天也会成为被牺牲的那部分。

延伸思考 YANSHEN SIKAO

1. 结合《论利己之道》一文中的观点，从利己者的角度出发，想想 “利己之道” 有何利弊。
2. 《论假聪明》中主要讲述个体间的聪明差异，但文章开头曾提及民族之间似乎也有这种差异。你了解这种差异吗？
3. 除了《论疑心》中所讲的，你知道疑心太重还会有哪些危害吗？
4. 狡猾之道数不胜数，了解《论狡猾》中讲述的狡猾表现之后，你有什么感想呢？思考一下怎么应对这些狡猾的手段吧。

十、处事之为

论报复

报复是一种野蛮的正义。〔开宗明义，巧妙点明报复的本质。〕

人们越是渴望通过报复来伸张正义，就越是需要受到法律严厉的制约。犯罪不过是违背了法律规定，而对犯罪行为加以报复却是将法律视若无物。睚眦必报〔像瞪一下眼睛那样极小的怨仇也要报复。比喻心胸极狭窄。睚眦：yá zì〕，不过与仇家扯平；不计前嫌，方能高人一等。毕竟，宽恕是一种高贵的美德，正如所罗门所述："宽恕他人就是荣耀自我。"〔所罗门，以贤明著称的古代以色列王国的第三任国王，同时也是一位出色的诗人，写过1000多首诗歌，相传《圣经》中所收录的《雅歌》和《箴言》为其所作。〕昨日已逝，庸碌之人只知沉湎〔形容陷入不良的生活习惯难以自拔，表达消极的感情色彩。湎：miǎn〕于过去，通达之人却懂得把握当下和未来。

做坏事的人中少有单纯为了行恶的，有也不过是为了一己私欲罢了。这些人爱己胜过爱人，也就不必同他们生气。至于那些心性不正、一味行恶之徒，则如荆棘一般，除了伤人之外，一无是处。

对游离于法律之外的罪行施以报复是情有可原的，但要注意报复行为不得触犯法律的规定，否则自己将与仇敌和法律同时对簿公堂，处于以一敌二的下风。旷达的人报复时会告知对方缘由，毕竟报复最大快人心之处不在于让仇者受伤，而在于让其悔罪；〔点明报复的最终目的，不是单纯的反击伤害，而是为了让伤人者顿悟反思。〕但是卑劣之徒却只懂懦弱藏匿，暗箭伤人。

对于朋友的背信弃义，佛罗伦萨大公科西莫曾严厉斥责，认为这种行为不可饶恕。他认为："《圣经》教导我们要学会宽恕仇敌，却从未告诉我们要原谅朋友。"而对这一问题，约伯〔圣经中的人物，是上帝的忠实仆人，以虔诚和忍耐著称。〕的境界则略高些，他说："我们怎么能只从上帝手里得福而不受祸呢？"友谊之道也应如是，一个对复仇念念不忘的人，只会令自己久伤难愈。❶

报公仇的人大都运气不错，像为恺撒、佩蒂纳克斯以及法王亨利三世之死报仇的人等等。〔为罗马统治者恺撒复仇的是恺撒的养子屋大维，为罗马皇帝佩蒂纳克斯复仇的是后来上台执政的塞维鲁，为法王亨利三世复仇的是亨利四世（亨利三世的妹夫），此三人皆是公开复仇的典型。〕而报私仇却没有这般幸运了，他们心怀怨愤，活得像巫师般阴郁，生则为社会贻害，死也得不到善终。

论革新

新事物是时间孕育的产物，与初生的动物一样，大多其貌不扬。〔以初生动物类比，生动形象。〕

尽管如此，比起继承并守护家族荣耀的后人，那些最初创下辉煌的先人仍然更值得景仰，毕竟仅靠因循模仿并不足以开创同样优秀的先例。因为对于人性来说，偏离正轨的恶如同自由落体，越到后面力量越强；而善则是在向上抛物，只有最开始的时候力道最大，之后便逐渐衰弱。❷

毋庸置疑，所有的药物都可以被视为革新，抵触新药的人势必会感染新病，因为时间就是最强大的革新者。如果时间流转而致事物衰败，借助人类的智慧和忠告也无重生余地，那结局又将走向何方？不可否认，约定俗成的旧例虽然欠佳，但至少还算合宜，这些旧例长期共存，倒也似乎相辅相成；而新生事物却很难融入其中，故虽或有裨益，却会因冲击了习惯带来不便或制造麻烦，就像是远方来的客人，受人尊敬却不大招人亲近；当然，这些也只是在时间静止不动的前提之下。倘若时光飞速推移，时代不断向前，因循守旧〔死守老一套，缺乏创新的精神。〕便会转而像革新一样会引发动荡，而墨守成规〔指思想保守，守着老规矩不肯改变。〕者也会沦为新时代的笑柄。因此，革新最好跟着时间的步伐走，时间引发的变革不可谓不大，但却来得无声无息，难以察觉。❸

若不与时间为伍，则一切革新都易让人始料不及，这对社会来说有利有弊。从革新中受益的人会认为是幸事，归功于时代的恩惠；而饱受其害的人则会视其为祸患，归咎于革新者的决策。因此国家最好不要随便搞政体革新，除非已到了万不得已的紧要关头或是确知改革会生奇效。并且有一点要格外注意，革新者须采取必要的举措

MINGSHI DAODU

名师导读

❶ 面对不忠诚的朋友，科西莫疾声厉色，约伯则选择宽而待之；这两种观点并无孰对孰错，只是有时候退一步海阔天空。

❷ “万事开头难”，所以那些最先攻坚的前辈们才最受众人景仰。以人性之善恶作比，善在初始阶段力道大，所以最开始的善更有价值。比喻新颖，耐人寻味。

❸ 新生事物或与旧俗陈例难以和谐并存，但只一味地守旧不愿革新便会被时代远远地抛在后面。在两种情况的对比之下，与时俱进的重要性不言而喻。

力求改良变化，而不是假借革新的名义满足自己的厌旧情绪。

最后，虽然我们不能拒绝接受新事物，但还是要敢于对新事物置疑。正如《圣经》所言："我们应该停驻在古道上，环顾着四周，找出那条正确的坦途，然后沿路前行。"❶

论运气

人的命运确实会被外在的偶然因素所影响，如相貌、机遇、他人的离世和施展才华的时机等等。

不可否认，只有吞食其他蛇的蛇才能成为巨龙，〔引用希腊谚语，是后面论点的形象论证。〕最快捷的成功之道便是由别人的差错来获取成功，因为一个人干的蠢事总能阴差阳错地成就另一个人的好运气。但正如一位诗人曾言，"每个人都能设计自己的命运"，归根结底，命运还是掌握在各人自己的手中。❷

有目共睹的特长固然受人嘉奖，含而不露的优点才是使人走运的福星，也才是自我表现的最佳方式。这种长处往往不可名状〔无法用语言来形容。〕，西班牙人将其称为潜能，即如果一个人天性中没有乖戾〔乖悖违戾，抵触而不一致。戾：

MINGSHI DAODU
名师导读

❶《旧约·耶利米书》第6章第16节中写道："耶和华如此说，你们当站在路上察看，访问古道，哪是善道，便行在其间。这样，你们心里必得安息。"化用《圣经》中的话，用以论证前一句的论点。最后一段有升华文章主旨之效。

❷ 从正反两方面对比，用"欲扬先抑"的手法引出论点：命运掌握在每个人自己的手中。

❸ 加图，罗马共和国时期的政治家、国务活动家、演说家，曾任执政官。出身平民的加图在战斗中表现突出又恪守美德，其简朴作风深受贵族阶层的弗拉库斯的赏识，因而被提拔。

门〕和阻碍，其思想之轮与运气之轮就能同步运转。正如李维在评价加图时先有言："这人体魄健壮，心智又健全，无论出生在何种阶层的家庭都不会影响他的好运气。"之后又发现加图多才多智，极富灵性。❸

因此，尽管命运女神总是蒙着双眼〔西方绘画作品中的命运女神多蒙着双眼，这象征着公正。〕，却并非无迹可寻，只要认真观察，就一定能捕捉到她的身影。命运之路好比天际中的银河，汇聚着繁星点点；分开看是颗颗明星，聚集在一起便是完整的星河；与此类似，正是人身上的不明显或无法辨清的小优点或小长处——准确来说应该是能力或习惯，才使人有了好运气。这一点一般人很难注意到，但意大利人对此却洞若观火〔形容观察事物非常清楚。〕。在谈论某个做事一丝不苟、从不出差错的人时，他们总要来一句：此人倒是有些假痴不癫〔精神错乱失常。癫：diān〕。的确，会几分装疯卖傻或是少一些质朴纯真总能使人行好运。凡是将自我利益置之度外的人，便不会只顾走自己的路；所以你看那些极其忠君爱国之人从来都是不走运的，并且永远也不可能走运。好运气唾手可得〔动手就可以取得。比喻极容易得到。〕也只能造就一批批冒失鬼和鲁莽汉（法国人将这类人唤作胆大妄为者和惹是生非者，此称呼更绝妙），而只有历经磨难得到的才能真正成就人才翘楚。

幸运绝对应该受人推崇，即便是为了幸运所孕育的两个孩子——自信和声誉也该如此；自信诞生于幸运者之心，而声誉结于羡慕者之树。为避免他人过分妒忌自己的优点，并更充分地发挥自己的长处，聪敏之人往往会将自己的优秀归功于上帝或命运女神，而在神灵的庇佑下，他们也更显卓越非凡。所以恺撒在暴风雨中对舵手说："你所驾驶之船承载着的不只是恺撒，还有恺撒的运气。"所以苏拉为自己选择的称号并非"伟大的苏拉"，而是"幸运的苏拉"。其实也有很多人总爱把成就归功于自己的聪颖和才能，但他们却往往讨不到好果子吃。史书曾记载，在每次向上呈报功绩时，雅典将军提谟修斯总爱说："此次战胜绝非靠运气。"但后来他却再没有打过胜仗。❶

确实有这么些人，他们的运气就像荷马的诗行，流畅得令其他人的诗篇都望尘莫及。这个比方在将提摩列昂、阿格西劳斯同伊巴密浓达的运气做比较时，普卢塔克就曾用过。〔提摩列昂，希腊政治家和将军，在统治锡拉库萨时期，权力一度位及最高指挥官，且在位时使当地的文化经济均有良好发展；阿格西劳斯，斯巴达国王；伊巴密浓达，古希腊将军与政治家。后二者均战死沙场。〕

人与人之间的运气本就有差别，这是不争的事实，但运气如何还是要取决于一个人本身。〔深化中心思想，与开头形成对比呼应之势。〕

论快捷

凡事急于求成只会后患无穷，正如医学术语中的"预消化"〔指事先将食物加工以便身体不适之人食用后易消化。〕，这种做法必定会使许多无法吸收的物质残存在体内，从而为疾病的发生埋下隐患。❷

衡量办事的效率不能仅凭耗时的长短，而是应该视事情的发展情况而定。赛跑的速度不取决于步伐的大小和抬腿的高低，与此类似，办事的敏捷也不在于一次办成事情的数量，而在于用心负责的程度。有些人只在意能否用最短的时间完成任务，偶尔还会将未完成之事草率结尾，以显得自己办事迅速。然而精算省时是一回事，敷衍求速却是另一回事；草草了事地商议，之后就要三番五次地修改商定，而且难以按部就班〔按照一定的步骤、顺序进行。〕地讨论下去。有这样一位智者，在别人办事只求速度时，他总会说起自己的

口头禅："别着急，我们才能尽快完事。"❸

另一方面，办事真正做到高效敏捷确实难能可贵。价格是衡量商品价值的尺度，时间是衡量效率的标杆。如果办事极其拖沓，就会付出高昂的代价。斯巴达人和西班牙人就以拖泥带水的办事作风闻名于世，于是才有了"希望我的死神来自西班牙"这一说法。〔死神如果来自西班牙，那他定会姗姗来迟。以西班牙人做反面教材，举例合理且不失风趣幽默。〕

别人做事务汇报时，一定要耐心听完，哪怕是在汇报之前做出指示，也好过在汇报过程中将其打断，因为说话一旦中断，思路也就乱了，届时前言不搭后语，更显混乱啰唆。所以会议主持人总比发言者更不讨人喜欢。〔常有主持人打乱发言，使得汇报逻辑混乱，所以比发言人更令人反感。〕

说话啰里啰唆是在浪费时间，但是对问题的关键反复强调却能够省时，因为这样可以省去许多无关紧要的话。正如身穿长袍披风时不能快跑，说话拖泥带水也不会带来快捷。问候语、过渡词、客套话还有其他关于讲话者本人的闲扯，都是在浪费时间。那些话看似是谦逊之词，其实不过是讲话人自卖自夸。但有一点还须注意，即当有人对你的发言有异议时，不要一上来就提出观点；

MINGSHI DAODU

名师导读

❶ 从正反两方面举例论证，有力地说明了将优秀归于运气的人比将成就归于自身才能的人更明智，更有所作为。

❷ 开门见山，指出求速的弊端——后患无穷，这是全文的纲领，并引出下文对快捷之道的论证。

❸ 段首句点明本段论点，之后采用类比的手段、对比和举例论证的方式进行了有力的论证。

对于这些心里有偏见的人，说话前须先有一段开场白过渡，就像药膏发挥效力前需先加热一样。

至关重要的是，井然有序、各尽其职、把握要点才是达到敏捷的关键所在。〔总结并深化论点。〕分配工作须认真明细，否则，没有工作的人员将无法参与其中，而工作量过大的人却永远无法解脱。找准恰当的时机就是在节约时间，办事不合时宜只是徒劳无功。办事包括三个步骤：事前筹备、讨论考察、实施计划，而若想把事情尽快做完，应是讨论的人越多越好，实施的人越少越好。预先草拟书面提纲可以提高办事效率，哪怕是提纲里的内容被完全否决，也比不着边际的漫谈更有意义，就好像与尘土相比，柴灰对植物的生长更有用一样。〔看似不起眼的柴灰却是植物生长的肥料，而草拟的提纲看似没什么大用，却能提高决策实行的效率。此处比喻新颖贴切。〕

名师赏析 MINGSHI SHANGXI

活着总是免不了处理各种事务，可能会面对仇恨、革新。这些事物会因运势而变，却往往需要立竿见影的效果。这一篇，培根论及报仇须公道、须谨慎、须知其目的；论及革新要人接纳、善用。而在此过程之中，幸运要靠自己，快捷也有要益。懂得处事之良方，才能知事治事。

好词好句 HAOCI HAOJU

睚眦必报　沉湎　因循守旧　墨守成规　不可名状　乖戾　洞若观火　唾手可得　按部就班

昨日已逝，庸碌之人只知沉湎于过去，通达之人却懂得把握当下和未来。

延伸思考 YANSHEN SIKAO

1. 有人把报复看作一种“伸张正义”的手段，结合《论报复》中的观点，就此问题谈谈自己的看法吧。
2. 革新看似是个很大的话题，但是回顾过去便不难发现，许多人和事却已悄然变化。就《论革新》中的论点，谈谈自己的想法吧。
3. 运气确实是种很玄妙的东西，《论运气》中说人的运气会被各种偶然因素影响，又说运气还是取决于每个人，这两种说法是否矛盾？你是如何看待运气的呢？
4. 你是个急性子的人吗？读完《论快捷》，你觉得自己在办事或是学习方面够“快捷”了吗？

十一、话语之智

论谈话

谈话时，有些人总是追求妙语连珠〔妙语连珠，巧妙风趣的话一个接一个。〕的效果，而不注重明辨真伪的能力，好像会说话比能思考更值得嘉奖一般；另有些人颇擅长些老掉牙的话题，并很爱卖弄，然而这种老生常谈往往令人不胜其烦，而且一被发现只会令人感到滑稽可笑。谈话中最难能可贵的莫过于对话题的把控，即能提出、左右以及转移话题，能做到的便是谈话中当之无愧的指挥者。〔无论是只追求妙语连珠还是一味陈腔滥调，都不是好的谈话之道。作者以对比开篇，说出这两种方式的不可取之处，进而点明正确的谈话之道，引出下文。〕

谈话时讲究灵活多变，即谈时事时佐以论证，讲故事时加以推理；时而提出疑问，时而抒发见解；既有调侃之言，又有科学之辩；否则，无论是陈腔滥调还是平铺直叙，都只会令人乏味。〔三组严谨工整的对仗，简明又深刻地点出谈话时灵活多变的重要性，是对首段论点的进一步展开。〕

不过说到调侃，有一点值得注意，像宗教、国事、伟人、他人的燃眉之急以及任何值得怜悯之物都不可成为调侃的对象。然而有些人却把尖酸刻薄视为机智的象征，这一点应该坚决制止。奥维德有名句："小伙子呀，少用鞭子，多拉缰绳哟。”〔“少用鞭子”即少用尖酸刻薄的话伤人，“多拉缰绳”即多注意自己的言行，自我克制。巧妙地运用了指代蕴含，这一引用论证生动形象。〕毕竟，一般人皆可分辨出话中的幽默与尖刻，擅长冷嘲热讽之人固然会令别人忌惮自己的“妙语”，但他们却也不得不担心别人会因此心生怨恨。

谈话中多多提问不仅会使自己受益匪浅，还能让对方感到满足，当提出的疑问恰为对方所专长时更是如此，因为提问使对方有了开口表现的兴趣，而且在此过程中他也会有所收获。不过要注意不能提过于刁钻的问题，因为只有老师盘问学生时才会这么干。

多人交谈时，务必保证每个人都有发言的机会，一旦有人“剑走偏锋”，别人插不上嘴时，就得设法转移话题，把话语权留给其他人；当年遇到舞迷一直跳加利亚舞而不肯停歇时，乐师们采用的正是类似的方法。❶

有时你会对别人确信你懂得之事假装不懂，之后当你对不懂之事保持沉默时，别人也会误以为你懂得。❷

交谈时勿要过多地谈论自己，即便谈及自己，说到时也要多加小心。笔者就认识这样一个人，他每次谈起鄙夷之人，都会说这么一句话：“如

MINGSHI DAODU
名师导读

❶ 加利亚舞，一种轻快活泼的三节拍三人舞，伊丽莎白时代曾在英国风靡一时，跳舞者往往乐而不倦，因此乐师们经常主动变换舞曲来照顾他人。

❷ 不懂装懂会误导他人，懂装不懂也会损人害己，可见“知之为知之，不知为不知，是知也”。

此夸夸其谈〔形容说话浮夸不切实际。〕，想必他一定是个'智者'。"只有一种情况下自我称赞才不失体面，即夸奖别人的长处时，自己也具备同等长处。交谈内容应该如一片原野，道路四通八达，不应单单指向某一户人家，因此要避免谈话时只针对某个人某件事。

英国西部有两位贵族，其中之一热衷冷嘲热讽，并且总爱宴请宾客，另一位贵族便问爱去第一位家中赴宴的人："实话实说，在他家的宴会上，有没有人遭到冷嘲热冷？"答者说有。因此第二位贵族便感慨："我早猜到他会把那桌美食糟蹋了。"慎言胜于雄辩，可知交谈时，言语的中听比妙语连珠或是绘声绘色〔形容叙述或描写生动逼真。〕更为关键。❶

交谈中总是口若悬河〔讲起话来滔滔不绝，像瀑布不停地奔流倾泻。形容能说会辩，说起来没个完。〕却不善回答会显得反应迟钝；能对答如流却无法侃侃而谈〔理直气壮、从容不迫地说话。侃：kǎn〕则会显得浅薄愚陋。就好像是在自然界中，不擅长直线奔跑的动物却善于转弯一样，猎狗和野兔正有此差异。话及重点之前的铺叙太多只会令人厌烦，而没有任何铺垫的叙述则会显得唐突。❷

MINGSHI DAODU
名师导读

❶ 由事例引出论点"慎言胜于雄辩"，引人入胜，令人信服。

❷ 无论是话题前的铺陈还是谈话时的回答，都有要注意的事项。再加上之前论述的种种要点，可见谈话是门高深的艺术。

❸ 过分讲礼和不讲礼节都是不明智的选择，由此推出要按照最佳的讲礼之道——适度。

论礼貌

正如只有自然珍贵的宝石在镶嵌时才无须衬景，只有品德高尚之人才能在为人处世中不拘小节。〔以珍贵的宝石作比，说明具有真正美德之人可不拘小节，为引出文章论点——礼貌做铺垫。〕

做生意赚钱时，“小钱可积成大财”，因为小利常有，大利却不常来；与此同理，赢得好名声时，小优点往往能收获大赞扬，因为小事常有且为人注意，表现大德的时机却少得像过节。由此观之，处处讲礼便可为自己增添好声誉，正如伊莎贝拉女王〔欧洲历史上最重要的女性之一，西班牙最伟大的女王。〕所言：礼节是永不过时的推荐信〔引用名言，意在说明礼节的重要性。〕。要做到举止优雅，就要细心观察别人的优雅举止；除此之外，还要有自信，不可过于矫揉造作，要知道自然大方的优雅举止才会显得高贵。有些人的一举一动就像是每个音节都百般雕琢的诗行，这种寸量铢称〔比喻点点滴滴地计量，烦琐并不切实用。〕之人又怎能成就宏伟大业呢？

凡事不讲礼节之人也妄想获得别人的礼貌与尊重；与陌生人或讲礼者交往时，则更应该讲究礼节。但过分重视或讲究礼节，只会显得枯燥乏味，并且失去人与人之间的真诚和信任。❸

毋庸置疑，讲究礼貌一定有最佳之道。在同辈之间亲密常有，不妨多几分庄重；在下属面前敬重常在，所以该随和一点。不能凡事都想掺一脚，否则不仅令人生厌，还使自己低俗；尽心尽力为别人办事时，也要让对方知道自己这么做是出于尊重，并非为己谋私。在附议他人时也要有自己的见解；认可他人的观点时，应加上自己的看法；赞同他人的提议时，应附上一些条件；同意他人的意见时，也应提出相应的理由。不可过于恭维别人，不然会被嫉妒你的人说成是阿谀奉承，进而贬低你的其他品德。凡事亦不可过分拘泥礼节、时间和场合，行为举止应如穿衣，穿衣不可过紧，举止亦不可太拘束。❶

所罗门曾说：望风者不播种，看云者不收获。所以比起寻找机会，聪明之士更倾向于创造机会。〔引用名言，说明在讲礼方面应该主动去找合宜的方法。结尾升华中心，给人以思考回味的余地。〕

论洽谈

通常说来，书面沟通不如当面洽谈有效，而本人出面交涉又不如他人出面调解有效。〔通过两个对比，说明通过他人进行的洽谈最有效，进而引出论述对象。〕

如果想得到书面答复，或是需要洽谈信件作为凭证，又或是面谈不甚顺利也无法顺利时，书面沟通确实比较合适；而如果想利用威信引起对方的敬畏（与身份低于自己之人面谈时），或是需要观察对方表情来拿捏说话分寸，又或是想给自己留有否认和解释的余地时，当面洽谈则更合适。❷

在挑选替自己出面洽谈之人时，一定不要选择狡猾之徒，他们只会以此来哄抬自己的身价，并且在汇报时往往会有所隐瞒，然后对委托人巧言令色〔形容花言巧语，虚伪讨好。〕；耿直磊落之士才是最好的人选，他们严格执行委托人的意愿，并且将洽谈结果如实汇报。如果所挑选之人正好乐于洽谈所委托之事，那就会事半功倍；还要保证所挑选之人适合所洽谈之事——果断敢言之人应该去争辩，恬言柔舌〔犹言甜言蜜语。〕之人应该去劝说，机灵狡黠〔此处有圆滑之意。黠：xiá〕之人应该去探听，固执忠实之人则应该去谈有悖〔指某些所作所为或现象和人们认识到的常理相冲突、不一致。悖：bèi〕情理之事；此外，也应该选用你委托过并且曾洽谈成功的人，之前的经

验会使他们更有自信，从而在洽谈中能从容镇定、表现出色。❸

洽谈时，除非想攻对方不备，否则还是不要单刀直入〔比喻说话直截了当，不绕弯子。〕，应该先委婉措辞，待打探清楚对方意图再做下一步打算。如果对手有求于己，洽谈便可顺顺利利，而若对手已无欲无求，那必将成为一块难啃的骨头。

只达成初步的协议还不算大功告成，哪方先履行协议才至关重要。使对方心悦诚服地先履行义务，起码得做到以下三条之一：第一，协议的性质要求对方先履行义务；第二，使对方相信以后还需要与自己合作；第三，向对方证明自己是最为诚信之人。

在谈判时，所有可用的技巧都是为了观察对方，找出对方的弱点并加以利用。而通常在受人信任、情绪激动、措手不及、逼不得已或是欲图某事却找不到借口时，人们更容易全然地暴露自己。摸准对方的秉性，加以诱导；了解对方的意图，加以说服；抓住对方的弱点，加以胁迫；找到能影响对方的人或事，加以控制；如此便可在谈判中处于上风。〔从各个方面攻破对方的“防线”。〕

如果对方过于狡诈，谈判时则要更加谨慎，先摸清他的真正意图，避免理解失误，还要克制

MINGSHI DAODU

名师导读

❶ 对待不同人，注重礼节的程度自然不同；对待不同事，讲究礼节的分寸也是不同。不可太紧，亦不能太松，段末的比喻更是恰好说明此理。

❷ 举实际情况中的例子，有力地论证了开头的论点。

❸ 从洽谈人的素质、洽谈之事的性质，以及这两者的内在联系等方面讨论了在挑选洽谈人时应注意的事项。

MINGSHI DAODU
名师导读

❶ 把名声比作一条河，再加上引用圣经中的话，充分地论证了智者的赞扬才是有分量的。

❷ 段首句点明本段论点，接着讨论了三种不同性质的赞誉，其中有些赞誉的下面还有更细的划分。论述由浅入深，条理分明，令人信服。

❸ 通过红衣主教和圣保罗的鲜明对比，突出了自我吹捧的不体面以及赞扬工作能显出使命感，进而呼应了本段段首的论点。

己言，然后一言惊人。一旦遭遇困难，不要自乱阵脚，更不能操之过急，应该为洽谈的成功做充分准备，以待达成协议的时机成熟。

论赞誉

赞誉是美德的反映，亦是自省的明镜。〔一句话道出赞誉的两面性，为下文的论述做铺垫。〕

平庸之辈的赞扬往往都是对沽名钓誉者的谬赞，因为普通人并不懂得真正美德为何物。对于最基本的素质，他们称赞有加；正常的美德，他们惊讶不已；真正的大德，他们却不明就里〔不明白其中的含义。〕；似乎只有肤浅而表象的美德才合他们的口味。

的确，名声好比一条河，只有厚重实在之物才能沉底，漂浮其上的只会是轻薄空虚之物。平庸之辈的虚赞无关紧要，有识之士的交口称赞更有价值，由后者而得的美名就像《圣经》中所说的香膏，芳香比鲜花的馥郁更持久，香远益清且不易消散。❶

赞誉往往掺杂着虚假，其真实性自会令人怀疑。有些称赞仅仅是奉承之辞。稍逊的吹捧者会说人人都爱听的恭维话；更狡猾的奉承者会以己之心度他人之思，找出他人的得意之处然后大加吹捧；而愚蠢的谄媚者则是将他人的缺点当成美德来赞扬，常常令对方也不得不顿生自我鄙夷之情。有些赞誉却是出于希冀和尊重，这也是对待君主和能人时应有的礼貌，即所谓的“赞中有训”——人们所赞誉的正是他们对被称赞之人的期望。还有些赞誉是怀有恶意的，其目的在于为被称赞者招来嫉妒，这种糖衣炮弹〔比喻经过巧妙伪装使人乐于接受的进攻性手段。〕最是可怕。不过常言道：说谎话会使舌头起泡。希腊人也曾说：口蜜腹剑会让鼻子生疮。❷

好的赞誉应当是适度且不庸俗的。所罗门曾言：“如果一大早起来就开始称赞朋友，就无异于在诅咒他。”确实，过度赞扬只会令人反感、招人嫉妒或惹人嘲笑。自我吹捧往往不甚得体，而对自己工作或使命的赞扬却总是体面的，有时还会显得很崇高。罗马的红衣主教多为神学家、神父或经院哲学家，他们看不起世俗事务，把战争、外交、司法等相关职务统称为“副职”，好像这些只是由副官担任的事务，然而这些“副职”事务却比主教们的思辨有用得多。圣保罗在自夸时常要说“恕我愚见”，但当谈及工作时却会说“我要歌颂我的责任”。❸

名师赏析 MINGSHI SHANGXI

说话从来都是一门高深的艺术。说话的内容、说话的方式、与谈话对方的交涉、对别人的赞扬，这些看似简单的方面其实都有着丰富的内涵。不宜追求华而不实的话语，而应追求精妙有理的言辞。谈话时注意礼节，却不要过分拘泥。谈判或洽谈则应审时度势，把握时机。虚伪浮夸的赞誉只是镜中花、水中月，真诚朴实的赞美才最合人意。这些只是谈话艺术的冰山一角，但管中窥豹，可见一斑，话语之智果真博大精深。

好词好句 HAOCI HAOJU

妙语连珠　陈腔滥调　夸夸其谈　绘声绘色　口若悬河　侃侃而谈

寸量铢称　巧言令色　恬言柔舌　狡黠　有悖　单刀直入　不明就里

糖衣炮弹　口蜜腹剑

所罗门曾说：望风者不播种，看云者不收获。所以比起寻找机会，聪明之士更倾向于创造机会。

延伸思考 YANSHEN SIKAO

1. 回想一下《论谈话》一文中所谈到的谈话“雷区”，你曾经是不是也碰到过呢?
2. 中国自古就有“礼仪之邦”的美誉，然而是不是身边的人都能做到恰当地讲礼呢?结合《论礼貌》谈谈你的看法。
3. 生活中免不了与人打交道，从《论洽谈》一文中你能学到哪些与打交道相关的智慧?
4. 你是不是经常受老师、家长或其他人的表扬?你能在《论赞誉》中找到它们分别属于哪一类吗?

十二、成功之学

论大胆

小学课文里有这么一段对话，看似浅显却值得智者深思。

有人问狄摩西尼："演说家最重要的才能是什么？"

"表演。"他答道。

"还有呢？"

"表演。"

"再然后呢？"

"还是表演。"

回答者本人专精于此道，尽管他本身并不具备这种天分。表演之于演说家不过是肤浅表面的才能，竟比独到的见解和过人的辩才还受重视，好像表演的重要性不可超越一样。这种现象虽然奇怪，其原因却很简单，因为人性中愚蠢总多于智慧，表演最能利用人性中的愚蠢打动观众。与此非常相似的是在政务上的胆量。〔此处引用狄摩西尼的例子，此人是希腊著名的演说家、雄辩家，但其从小却有口吃和咬字不清的毛病，为此他曾口含石子练习发音，对着镜子练习姿势，最终成为公认的第一演说家。作者借其战胜缺点的例子，意在举例论证胆量的作用。〕

“什么样的政治才干最重要？”

“大胆。”

“其次呢？”

“大胆。”

“再其次呢？”

“还是大胆。”

大胆不过是无知与卑劣孕育的产物，远不及其他才能，但它却能迷惑并唬住许多胆小肤浅之人，甚至偶尔也能左右一些明智之士。因此，大胆在民治国家屡有奇效，而在元老院和君主制的国家却收效甚微。❶ 大胆总是在行事之初颇显成效，随后效果尽失，因为大胆之士很难守信。无论是乱开假药的江湖郎中，还是草率为政的治国之士，都有可能凭借运气侥幸成功，但由于缺乏科学依据或真才实学，他们的方法终究不能长久见效。

我们确实能看到大胆之人屡次创造穆罕默德式的奇迹。穆罕默德曾令民众相信，他能将一座大山招到眼前，并在山顶上为他的信徒们祈祷。人们聚在一起后，穆罕默德再三呼唤那座大山过来，可山却岿然不动〔形容高大坚固，不可动摇。岿：kuī〕。穆罕默德却一点都不尴尬，而是说：“如果山不过来，那我便赶去。”与此类似，江湖骗子信口开河〔比喻随口乱说一气。〕却失信于人时，总会轻描淡写地哄骗过去。在有识之士看来，胆大之徒不过是笑料而已；常人眼中，大胆也显得荒谬，如若荒唐就是指引人发笑，那大胆确属当之无愧的荒唐。最荒唐可笑的莫过于胆大之人失败时的呆滞神色。一般人遭遇窘境最多如坐针毡〔形容心神不定，坐立不安。毡：zhān〕，大胆之徒却会变得呆若木鸡，就像下棋陷入僵局，虽然没有被将死，却已没了退路。不过这种比方只是讽刺之谈，不适用于严肃论证。综上所述，大胆永远都是盲目的，因为它无视危险与困难。

制定决策勿大胆，执行决策须胆大。因此，大胆之人不可为将，而应做听人指挥的副将。因为决策时须要能预见风险，然而执行时最好勇往直前，除非风险过大。

论野心

野心好比胆汁，胆汁分泌不受阻，便能使人积极活跃、热忱敏捷；一旦分泌受阻，便会肝气不顺，危害健康。❷野心勃勃的人正是如此，倘若他们自觉仕途平坦、官运通达，便可安于公务，不至于有什么危害；可一旦在升迁之路上遭遇挫折，他们便会心怀愤懑〔气愤；抑郁不平。愤懑：fèn mèn〕，以恶毒的眼光对他人他物，以幸灾乐祸的心态待那些不虞之事〔事先没有预料到的事情。虞：yú〕。无论是放于君主还是臣民身上来看，这样的品质都是卑劣至极的。君主要是想启用有野心的人，便只能让他们步步高升而不可降其职位，但是如此做法往往又会引起别的麻烦。而且如若这种人不能凭借职位平步青云〔指人一下子升到很高的地位上去。〕，那他们便会拉着职权一起堕入深渊。因此，除非迫不得已，野心勃勃之人还是不用为好。那什么情况下必须要任用

MINGSHI DAODU
名师导读

❶ 元老院（罗马元老院）是一个审议的团体，并一度成为立法机构，它在罗马共和国与罗马帝国的政府中扮演着极其重要的角色，曾被西塞罗评价为“公众事务的引导者、辩护者和捍卫者”。君主制是国家元首为世袭君主的政体，是由单一国家领袖行使名义上或是绝对的政体权力。由此不难发现，在民治国家，民众会更有话语权，因而“大胆”之人更能发挥奇效。

❷ 胆汁是人体内的一种消化液，对脂肪的消化分解和脂溶性维生素的吸收具有重要作用。开头以胆汁作比，意在突出野心的重要性，并引出下文。

有野心之人呢？

战争时须择良将而用，无论他们有多大的野心。要知道缺乏野心的将士无异于没有鞭策的战马，而且战时将士的野心可以弥补其他的弊端。君主遭遇险境时，只有野心勃勃之人可不顾性命挡身在前，因为只有他们像被蒙住了眼的鸽子，一味高飞而不顾其他。君主还能利用野心家去除掉位高权重的大臣，正像当年提比略借马克罗之手除掉塞雅努斯一样。❶既然在上述情况下野心勃勃之人非用不可，那么下面我们就谈谈如何对其加以约束来使他们的危险性降到最低。

同样是野心勃勃之人，其危险性也不尽相同：出身寒门者没有出身高贵者危险；严厉苛责者没有宽厚随和者危险；新贵子弟没有重权老臣危险。有人认为培养心腹宠臣是历代君主的一大软肋，殊不知这种做法是约束野心家的最佳手段。当讨好或忤逆〔忤逆：冒犯、违抗之意。忤：wǔ〕君主的源头都在亲信身上时，其他人自然没有什么捷径可以扶摇直上，谋取高位。〔野心家欲谋高位，但是只有亲信之人才知道君主的喜恶，这样一来，野心家便没有捷径能投君主所好进而达成自己的目标。〕对付野心家的又一种方法是让另一些心高气傲之人与他们抗衡，但须注意在此过程中要安

MINGSHI DAODU
名师导读

❶ 提比略撤换塞雅努斯的近卫军长官一职，改派马克罗为新长官。在一场元老院的会议中，提比略以一封信的公开宣读，指控塞雅努斯的阴谋夺权计划。马克罗当场逮捕塞雅努斯，塞雅努斯与其女儿被杀。

❷ 起初，培养心腹以阻止野心家的图谋；之后，安排中间势力与野心家的势力相抗衡；最后，在万不得已的情况下，应该让野心家自乱阵脚。三个阶段，三种对策，实在精妙。

排一股中间势力来保证局面的稳定，毕竟如果没东西压舱，船就会颠簸得很厉害。君主也要鼓励一些地位低下的臣子同野心家唱反调。但这种做法多半只会对性情胆小的野心家奏效，而对于那些胆大包天的野心家则可能会适得其反〔恰恰得到与预期相反的结果。〕，加速他们图谋的步伐。如果形势危急到留不得那些野心家，却又没有理由可以名正言顺地铲除他们时，君主只好恩威并重、软硬兼施，令他们晕头转向、自乱阵脚，这似乎是缓解事态的唯一良策。❷

就野心本身而言，比起在大事上逞先，事事都逞强的野心更加危险。前者只是想逞一时威风，后者却会干扰公务。不过，同那些一哄而上、人多势众的野心相比，干扰公务的野心也不算什么。一心想要超越天才，在人群中崭露头角确实很难，但这种野心却对公众事业十分有益，而那想在一群庸才中脱颖而出的野心却可能导致时代的倒退。〔一心求上进不是坏事，但如果因此嫉贤妒能、在贬低他人之上抬高自己，则未免不正当，并且这种做法还会导致真正的人才不得重用、庸才当道，以致时代倒退。〕世人追求权势的动机不外乎以下三个：一是获得济世助人的权力；二是谋求攀附君主权贵的机会；三是抓住财运亨通的时运。为官者中，只有第一种才是值得信任的臣子，而能甄别〔审查区分。甄：zhēn〕这三类动机的君主则不失为明君。一般而言，君主和政府应该起用重职责而非重职位之徒，应当提拔热爱公务者而非热衷公事者。总而言之，要分清为国分忧的雄心与掌权万事的野心。

论时机

碰运气就像在逛市场，通常而言，如果能多逗留一会儿，价格就会下跌。但有时碰运气又像是西比尔卖书，起初成套销卖，之后分册售出，其要价却不减。〔西比尔是西方传说中能预言未来的女巫。相传罗马皇帝塔奎尼乌斯在位期间，她曾作书九卷《西卜林书》想卖给罗马王，罗马王因其索金太高而拒绝。之后西比尔烧掉三卷仍索原价，结果还是遭拒。最后，她又烧掉了三卷，然后提出将剩下的最后三卷以和当初九卷相同的价格卖给罗马王。不知为何罗马王竟认为这个买卖很划算，在占卜师的建议下，他终于买下了最后的三卷。通过与市场作比和引用神话故事，点出运气的不可捉摸。〕

时机恰如那句谚语所言：“倘若给你额发你不抓，便只会给你留个秃脑勺。”或者时机也好像是这样：先给你个易抓的瓶颈，之后只会给你难抓的瓶肚子。〔西方的神话中有个时运女神，她的前额有发，但后脑勺是光秃的。后来便衍生出这句谚语，意在说明机不可失、失不再来。〕如此看来，若凡事都能把握住事物发展的时机，则称得上是大智慧。

行事须当注意，这次没有危险的事情，下次可能就危险了。半路迎击危险要比一直按兵不动地观察更好，因为长久地注视只会令人疲倦而放松警惕。反之，如果只因被影子（月亮低挂，从敌人后背照来，影子被拖长）迷惑而过早出手，则会打草惊蛇，这又是另一种极端。

由此可见，时机是否成熟还须仔细考量。做大事时，应该把初始的工作交给百眼巨人阿尔戈斯处理，随后的工作则交给百臂巨人布里阿柔斯跟进。〔以神话中的人物打比方，形象地说明了做事要先观察再动手，印证后面论点。〕这正是说做事前应该先学会观察，然后再着手处理；正如冥王普鲁托的头盔〔即冥王哈迪斯的头盔——库内埃，戴上可以使人隐身，曾借给赫尔墨斯打败希波吕托斯。〕，它令政治家隐形，助其私密地议事和敏捷地行动。事情一旦到了执行的环节，迅速处理就是保密的最佳手段，好比子弹出膛后，任何人或物都再难以追上。

论荣誉与名声

荣誉的获得无非就是要将个人的美德和价值完整地公之于众。〔首先为荣誉的获得下了个定义，激发读者的阅读兴趣。〕

有些人费心经营自己的名声，其所作所为皆为荣誉，此类人虽常为人们提及，但却鲜会受到尊敬。另外一些人则是不愿表现自己的美德，所以得不到应得的赞誉。有些事是前所未有的，或是前人尝试但未成功的，或是前人完成了却并不圆满的；还有些事虽然高尚且艰巨，却已有前人圆满完成过，与后者相比，成就前者理应获得更多的荣誉。❶

如果一个人处世中庸〔待人接物不偏不倚，调和折中。〕，并且办事还都能令各方各界满意，那他的荣誉之路便会更顺畅；如果一个人从不珍惜自己的声誉，那么办事成功也不会给他增添多少荣誉，而办事失利却会令他声名扫地。战胜对手可以获得荣誉，这种荣誉像是精心雕琢的钻石一样璀璨夺目，所以要勇于挑战有声望的对手，更要抓住机会在对方擅长之处打败他。谨慎稳重的随仆也有利于主人的名声，正如那句“主人声名尽在仆人言语”。嫉妒则于荣誉有害，而消除

MINGSHI DAODU
名师导读

❶ 从人和事两方面分别的对比来谈荣誉获得之难易。

MINGSHI DAODU
名师导读

❶ 从内在的处世原则和对待荣誉的态度，到外在的他人的影响和嫉妒，这些方面都会影响一个人的荣誉。

❷ 莱库格斯即来库古，曾立法修斯巴达的国政，大有成效。梭伦的立法变革是雅典城邦历史发展中的重要里程碑，奠定了雅典民主政治的基础。查士丁尼是罗马皇帝，曾下令纂成《查士丁尼法典》等重要的罗马法典。埃德加一世为英格兰国王，被誉为“和平者”，在政期间主持了体制结构和宗教的改革。阿方索十世是卡斯蒂利亚王国国王。

❸ 对君主的荣誉等级进行划分，并罗列翔实的例子，论证充分。与后文对臣子荣誉等级划分形成呼应之势，使文章内涵更丰富。

嫉妒的最佳方法就是表明自己追求的并非功名而是功绩，将自己的成功归因于上帝和命运而非自我才能。❶

君主的荣誉可分为五等。第一等是开国之君，如罗穆卢斯、居鲁士大帝、恺撒大帝、奥斯曼一世、伊斯迈尔一世。〔罗穆卢斯是种族缔造者埃涅阿斯的后代，罗马城的创建者。居鲁士大帝是古代波斯帝国的缔造者。奥斯曼一世是奥斯曼土耳其帝国的创建者。伊斯迈尔一世是波斯萨法维帝国的创立者。〕第二等是立法之君，他们制定的治国法典流传后世，因此亦可称他们为第二创始者或“万世之君”，如莱库格斯、梭伦、查士丁尼、埃德加一世、阿方索十世。❷第三等是救国之君，他们或是结束了长期内战并拯救了水火之中的百姓，或是将国家从异族或暴君的奴役中解救出来，如奥古斯都、韦斯帕芗、奥勒良、狄奥多里克、英王亨利七世、法王亨利四世。〔罗马皇帝奥勒良，在统治期间，收复罗马帝国大片疆域，统一了帝国，解决了当时的危机。狄奥多里克率领人民击败了意大利的蛮族国王，然后建立了东哥特王国。英王亨利七世结束了“玫瑰战争”，开辟了都铎王朝。法王亨利四世结束了困扰法国多年的宗教战争。〕第四等是护国之君，他们或是在光荣战争中开拓了国家疆土，或是在保卫战争中抵御了外敌入侵。

第五等是治国之君，他们治国有方，开辟了太平盛世。史上护国之君和治国之君诸多，不一而足。❸

臣子的荣誉也可分为五等。第一等是分忧之臣，他们为君主分担重任，是君主的左膀右臂。第二等是统帅之臣，他们率军征战，战绩辉煌。第三等是亲信之臣，他们深得君主信任，却又不恃宠而骄。第四等是尽职之臣，他们身居高位又办事高效。第五等，也是最高的荣誉，即是至义之臣，他们为国家利益鞠躬尽瘁甚至英勇就义，这类臣子非常罕见，史上有雷古卢斯〔古罗马将军，曾在第一次布匿战争中成为迦太基的战俘，之后作为人质随迦太基人到罗马寻求和平。由于迦太基的议和条件过于苛刻，雷古卢斯为了大局甘愿继续做俘虏，最终被杀。〕和德西乌斯父子〔父子同名，均担任过古罗马执政官并且在萨莫奈战争中为国捐躯。〕。

名师赏析 MINGSHI SHANGXI

有个词叫“胆大心细”，也有句话叫“心有猛虎，细嗅蔷薇”，可见只有大胆是不够的，鲁莽而盲目的大胆更是不可取的。野心也有好有坏，须分别对待。成功的人总能准确把握住时机，所以要想成功就要对时机多加考量，以防错失良机。处事原则和对待荣誉的态度等等都决定了一个人的声名累积之路是否顺畅，如果最终能获得荣誉和名声，那便是成功的一大标志。

好词好句 HAOCI HAOJU

岿然不动　信口开河　如坐针毡　愤懑　不虞之事　平步青云

适得其反　甄别　中庸

时机恰如那句谚语所言：“倘若给你额发你不抓，便只会给你留个秃脑勺。”

延伸思考 YANSHEN SIKAO

1. 你的胆子大吗？《论大胆》一文中讲述的大胆与你自己对大胆的认知有什么不同？
2. 《论野心》一文中曾说：“同样是野心勃勃之人，其危险性也不尽相同：出身寒门者没有出身高贵者危险。”你是怎么理解这句话的？能从历史和现实中找到这种例子吗？
3. 你有没有曾经痛失过良机？读完《论时机》后你知道该怎么做了吗？
4. 《论荣誉与名声》中在论述臣子荣誉时少有例证，你能补充几个这样的历史人物吗？

十三、为臣之道

论进言与纳谏

人际交往中信任程度最高的形式是谏言。日常交际中，人们只会出于信任将生活中的部分事务委托给他人，像是土地、财产、子女等，然而面对信任的诤友〔指能够直言规劝的朋友。诤：zhèng〕，人们交付的却是自己的全部。所以，谏言之人则应比一般人更正直忠义。

但凡是明智的君主，都不会认为谏诤会使自己脸面有失、能力遭疑。就连上帝都在倡导诤谏和从谏，故而才将“劝世者”作为其圣子的封号之一。所罗门也曾说：“从谏如流〔听从规劝像流水一样自然，形容乐于接受别人的批评意见。〕方可得盛世安稳。”任何事情的发展都免不了一波三折，不是颠簸于谏言的争论中，就是起伏在命运的波涛上，而后者常常充满了变数，就像是醉汉蹒跚〔腿脚不灵便，走起路来摇摇摆摆。蹒跚：pán shān〕行路，不知何时就会踉跄〔走路不稳，跌跌撞撞。踉跄：liàng qiàng〕摔倒。所罗门对虚心纳谏的必要性有深刻的认知，其子罗波安后来也意识到了谏言的力量之大，因为当初那被上帝恩顾的王国就是因为他轻信谗言而四分五裂的。〔所罗门在位时的以色列王国最为强盛，其在位后期，国家为了支付各项巨大建设的开支而向国民征收重税。所罗门之子罗波安继位后，有人向他建议要减税以减轻国民的负担。国内年纪大的臣子都支持这个建议，结果罗波安却采纳了与之相反的年轻臣子的意见，最后导致了以色列王国的分裂。〕以此为鉴，有两种妖言最易分辨：一是黄口小儿〔常用以讥讽别人年幼无知。〕妄议旁人的胡言；二是嚣张狂徒乱谈大事的妄语。

君权与智慧不可分割，君主的智慧也离不开巧妙纳谏，关于这一点，古人早已在故事中生动描述。故事之一讲的是众神之王朱庇特娶了智慧女神墨提斯为妻，意在说明君权与智慧的结合；故事之二讲的是婚后墨提斯怀了身孕，而朱庇特却不等妻子分娩便将她吞下，让胎儿在自己体内继续发育，最终从头颅中生出了全副武装的帕拉斯女神❶。这段故事看似荒谬，其中却暗含着治国的道理，即君主该如何有效利用朝臣的进言。遇到待处理的政务，君主应当先将其交于朝臣商讨，这就好像是最开始受孕的过程，须静待其在子宫里发育长大。〔新奇却不失道理的比喻，可见作者见解独到。〕待到即将出生的时候，君主便不可再任凭朝臣自作主张，而应将权力收归自己，对世人宣告那些谕旨均出己手，以彰显君主的权威与智慧，从而增加君主的声望。

接下来谈谈谏言的弊处及其消除方法。谏言有三弊：第一，所议政务易为多人所知，不利于保密；第二，易显得君主缺乏主见，有损君主权威；第三，遇奸臣进献妖言，纳谏易使奸臣得逞，反对君王不利。法国为消除这些弊端，在实践中引进过意大利的理论，即在君主执政期间采用密室议会制度，然而这种方法带来的危害比谏言之弊还大。

如果想保密，君主们大可不必征询每一位朝臣的意见，而应选择合适的人求言纳谏，并且商议时也不必将原委和盘托出〔连盘子也端出来了。比喻全都讲出来，毫不保留。〕。然而君主们须得注意，也不要自己走漏了风声。说到密室议会制度，大抵那句“我当真是漏洞百出”〔喜剧《阉奴》的台词，此处侧面反映了上文中所说的“密室议会制度”弊端之大。〕称得上真知灼见；

只要有一个碎嘴的庸才，其他的人再怎么守口如瓶都无济于事。有些的确需要保密的事情，除了君主之外，最多只能再让一二心腹知晓。谏言者不多也并非坏事，因为这样一来有利于保守秘密，二来也能保证大家立场统一，不会有太大分歧。不过，这种情形需要君主具备严谨独立而精明睿智的品质，也需要谏臣们足够深谋远虑、忠心不二。英王亨利七世就是如此，他从不将大事公之于众，在私底下也最多只跟莫顿和福克斯商量。❷

说到损害君威的问题，在前文对神话故事的讲述中，已有补救措施的提示。而且君主主持议事其实并不会有损君威，反而会增加尊严。从未有哪一任君主因为与朝臣议事太多导致君权不稳，除非有佞臣结党营私〔坏人集结在一起，谋求私利，专干坏事。〕或势力过盛，不过这种情况既容易被察觉，也不难制止。

关于最后一点弊端，其主要原因在于进言者的私心。那句“世间已无诚信可言”〔见《论真理》一文的最后一段。〕应是泛指整个时代，并非论及人的本性，毕竟世间亦有天性忠信坦荡之人，他们与阴谋诡计毫无瓜葛，而这种人正是君主们应该多多提拔重用的忠臣。通常情况下，谏臣之间都不会团结一心，反而总是相互戒备。因此一旦有人出于党派或个人利益上谏，真实情况多半都

MINGSHI DAODU
名师导读

❶ 因怕墨提斯将生下强于自己的儿子这一预言成真，朱庇特用花言巧语哄骗，将已有身孕的墨提斯吞下，后来孩子从朱庇特的头颅中诞生。帕拉斯女神就是智慧女神及战神帕拉斯·雅典娜。

❷ 莫顿，英国高级教士，曾任亨利七世时期的坎特伯雷的大主教，也是英国大法官。福克斯，英国传教士，先后任多处任大主教，也是亨利七世时期的掌玺大臣。

MINGSHI DAODU
名师导读

❶ 通过引用名言及对比人与书的谏言，论述了谏言者素质的重要性，意在警示君主在选拔谏官时应多注意。

会被君主知晓。解决第三种弊端最好的方式在于，君主应知其臣，诚如臣之知其君。正如有人言：“君主之良德在于选贤举能〔选拔任用贤能的人。〕，人尽其才。”相反的，倒是进言者不该过多地揣摩君主的喜恶，因为这并非谏臣的任务所在，他们真正该做的是精通君主的公事政务，只有如此方能尽进忠言。

对君主而言，最好的做法是既要接受私下的进言，也要悦纳公开的谏诤。因为公开谏诤难免顾虑重重，私下进言又常直言不讳，两者兼听才更为周全。另一方面，民众私下里多能直抒己见〔坦率地发表自己的意见。〕，公开议事却容易人云亦云，所以应当在私下里征求小吏意见，让他们畅所欲言；在公开场合则求言于高官，确保其谏言审慎。

求言纳谏若是为了解决事情，而不管谏言的人选，又何谈解决问题？所行之事是死的，办事的关键在于执行之人的选择。考察任命人选的品性时，须小心谨慎，不能仅用其地位高低作为评判依据，亦不可仅靠自我推断或是他人描述，因为大错的酿成或者明智的彰显全在选人的一念之间。有句至理名言：“最好的进谏者是死人。”不可否认，当生者畏缩不前、不敢进言时，还有书籍可以直言上谏。

由此看来，君主们博览群书也是大有裨益的，尤其应该阅览历代君主的著作。❶

如今的议会基本都是熟人碰面，多在谈论事情而非辩议事情，因此待议之事总是被草草了结。〔指出当时议会的弊端，引出下文对议会的规范措施的论述。〕

商议重大事项，应该提前一天提出话题，第二天直接讨论，正所谓“夜间多谋策”。英格兰和苏格兰成立的合并联合委员会就曾采用过这种方法，那是一个严谨认真、秩序井然的机构。

应该为议臣的请愿设置固定日期，如此便能使请愿者更清楚自己该何时去议院，还能给议会留出充足的时间来共商国是〔共同商量国家的政策和方针。〕，处理燃眉之急。

挑选议会委员会的人员时，选择无党派的中立者要好于选择对立党派的首脑，因为这样才能保证势态均衡。

还应该建立一些常务委员会，用来负责处理贸易、财政、战争、诉讼以及地方性事务。在某些如西班牙一样，只有一个国会却有许多不同种类的议会的地方，议会可充当权力更大些的常务委员会。如果有像律师、水手、铸币师等专业人士有事需呈报议会，应该先交由常委会审理。不要让有事呈递之人成群结队地涌向议会，这样一来倒好像不是在呈报事务，反倒像是在吵嚷打闹。〔常委会可以用来分担议会的职责，确保事务有条不紊地进行。〕

会议中长桌方桌的选择、位次的排列，这些看起来好像是形式问题，却有实质上的差别。众人围坐长桌议事时，就将实际的把控权交予了坐在首端的寥寥几人，而如果采用其他形式，其他人的建议被采纳的机会就会变大。

还有一点是君主主持会议时须注意的，就是不能过于明显地表露出自己的想法或倾向，否则谏言者便不好知无不言，只能曲意逢迎，那时“我将愉悦我主”的赞歌就将响起。❶

论贵族

谈论贵族，首先从贵族作为国家的一个阶层说起，之后再将其看作个人的一种身份来讲。

于君主制国家而言，如果一个国家没有贵族阶级，那就会像土耳其一样专制集权，因为贵族势力可以削弱君权，而且还能分散民众对皇室的注意力。民主制国家则不需要贵族阶层，与有贵族的君主制国家相比，民主制国家往往安定和平，少有叛乱，因为民主国家的人关注的是事业而非个人，即便出于事业的需要偶尔关注个人，他们注重的也是个人的能力而非其出身。由此不难看出，尽管瑞士人的宗教信仰有分歧，行政规划也不相同，但他们的国家却能长盛不衰，就是因为瑞士民众之间联系的纽带不是名人声望而是共同利益。低地国家的联省政府〔此处指尼德兰联省共和国，又称荷兰共和国。〕治国有方，因为该国实施平等的阶级制度，政府的决议也因此更为公正，普通民众也更愿意缴纳税负。❷

一个势力强大的贵族阶层能增加君主的威信，同时也会削弱君主的权力；这样的贵族可以为国民增添生机与活力，同时也会压制民众的财富与地位。最好的情况是，贵族阶层占据一定势力却又不至于强大到凌驾于君权和国法之上。如此一来，下等臣民的无礼犯上就会先碰到贵族的势力，而不会直接触及君主的权威。然而若是贵族人数太多，由此产生的花销势必会使国家积贫，带来很大的麻烦。除此之外，很多贵族家庭都会慢慢衰落，届时便会出现尊

荣名号与家产财富不相称的情况。❸

接下来从个人的贵族身份方面来讲。看到一座尚未破败的古堡或是一棵枝繁叶茂的参天大树，任谁都会肃然起敬；同样的，看到一个历经沧桑的贵族世家，人们也会由衷地生出景仰之情。崛起的新贵只是权力更迭〔交换，更替。迭：dié〕的产物，而世家大族却是历史的沉淀。贵族世家的先辈们往往比晚辈更有才能，却不及晚辈们清白正直，因为攀爬高位之人为了达成野心抱负，在追逐名利的路上免不了善恶兼施。不过随着先辈们的离世，后辈只记住了前人的美德而忘却了他们的不足，这也颇合常理。世袭贵族易心生妒忌，他们本身不够勤勉，便妒忌那些勤勉向上的人，而自己世袭的地位又再无提升的机会，所以这些只能止步不前的人看到他人平步青云，难免妒火中烧。❹

但在另一方面，世袭的贵族身份又能消除他人的妒意，因为他们的荣耀乃是与生俱来的。与此同时，君主若是拥有贵族中的能人强手，便会发现这批贵族势力用起来得心应手；而且贵族们行使权力也会更轻松，因为民众觉得他们天生具有发号施令的权力，进而可以心无芥蒂〔本指细小的梗塞物，后比喻心里的不满或不快。芥蒂：jiè dì〕地服从。

MINGSHI DAODU

名师导读

❶《旧约·诗篇》第113—116章，章节最后写道：“你们要赞美耶和华。”此处用来表达谏言者为取悦圣心而曲意逢迎，从而论证君主在主持会议时不应带着自己想法来“引导”臣子。

❷ 以土耳其、瑞士和荷兰为例，论述了对于集权国家和民主国家而言，贵族阶层存在的意义大不一样。

❸ 从贵族势力的强弱和人数的多寡来看对国家的影响。

❹ 对比论述了贵族中的前辈与后人，并且指出贵族们易嫉妒他人的特点。

MINGSHI DAODU
名师导读

❶ 文中古语出自西塞罗《致友人书》第七卷。西塞罗，古罗马著名演说家、政治家、文学家、哲学家、法学家，他曾担任罗马执政官，也曾是元老院的发言人，后因反对安东尼而被刺杀。

论高位

居高位者乃三重奴仆。他们是君主或国家的奴仆，是名誉声望的奴仆，是政业事务的奴仆。因此他们也失去了三种自由：人身自由、行动自由以及时间自由。为了谋求权力而失去自由，想要治人却又受制于人，这种欲望当真古怪。获升高位实非易事，但世人却甘愿吃尽苦头求来更多痛苦；跻身〔置身（某种境域等）。跻：jī〕权贵难免施计耍滑，但人们却甘愿舍弃为人尊严。

高官者的地位并非安安稳稳，一旦失势，要么大势将去，一败涂地；要么悻悻〔形容怨恨失落的样子。悻：xìng〕退场，黯然失色。古语虽有云："不复当年勇，安得苟偷生？"然则实际上，居高位者常常是欲退隐时退不了、应辞官时不愿离，哪怕是年老体已衰，也不愿甘于平庸，最后像那城里临街而坐的老叟一样，沦为别人的笑柄。❶

居高位者获取幸福仰赖于旁人看法，而无法靠自己感知快乐。只有想到别人对自己的所思所羡，他们才会有快乐的感觉，哪怕自己心里的感受截然相反。因为这些人总是最先感受到自己的不幸，而对自己的过失后知后觉。诚然，达官显贵们政务繁忙，连身心健康都顾不上，对自己更

是知之甚少。“闻名于世人，却不达于自己，当真可悲！”〔此话出自塞内加的悲剧《提埃斯忒斯》。〕

居高位者可行善亦可作恶。作恶将带来诅咒，而规避之法一为绝其邪念，二为去其恶力。行善的权利是人类的合理追求。诚然，上帝会肯定世人的善意，但若只是纸上谈兵，也不过美梦一场。而要将善意付诸行动，还需依仗着权势。世人的终极追求是建立功名，功成名就才能自足于心。若是有人分担上帝之创举，那他理应享受上帝的安息。“上帝看着他亲手创造的一切，一切都完备了。”自此就有了安息日。〔引用部分出自《旧约·创世纪》第 1 章第 31 节，此为第 1 章最后一节。第 2 章第 1 节开始为安息日。此处意在表明，上帝在创造万物之后坦然休息，功成名就者亦可自此满足于心而不再受累。〕

就职伊始，高位者要以前人为榜样，加以效仿，之后则要以身作则并省察己过。同时，对前任之不足不可轻视，这不是要以人之短来衬己之长，而是要引以为戒，避免重蹈覆辙。但是革新除旧时切忌大胆莽进、非议前人，而应在去芜存精〔除去粗糙的部分，留取其精华。芜：wú〕的同时合理创新，开创先河或典范。凡事须探其究竟，知其兴衰，同时考古论今，知古时最佳，了当下之宜。行事须有据可循〔有据可循，指有证据可以遵循，意指有相关的典籍事例可以借用来证明某些事。〕，以便他人知道自己的要求，切不可独断专行，在偏离他人预期时需解释原委。自己的权力理当维护，但职位品阶不宜多问，与其过分计较名分，不如暗自握紧实权。同样也要保证下属的权力，让下属各司其职，运筹帷幄〔帷幄，泛指主持大计，考虑决策。帷幄：wéi wò〕，这比事必躬亲好得多。对别人给出的建议须悉心接受，不可将他们拒之门外。〔行事须瞻前顾后，也应有理有据；权力则是不可过分追求，也应该下放权力，使事情能更高效运转；而建议则要从善如流，万不可充耳不闻。〕

MINGSHI DAODU
名师导读

❶ 自古就有“人情债难还”一说，官者手握权力，一定不要徇私舞弊，否则正如所罗门之言，那人情债会使你为了一块小小的面包就轻易越过法律的界限。

居高位者有四大陋习：办事拖沓、贪污腐败、粗暴专横、死要面子。防止拖沓，就要广开言路，按时守约，利落办事。避免腐败，既须要求自己及属下不受贿，又要劝服求情之人不行贿，前者可靠廉洁自律约束，后者可凭廉政宣传、抵制贿赂实现。除了要拒收贿赂，还要规避嫌疑。反复无常的当权者会有贪污之嫌，因而居高位者要改变主意时，一定要宣之于众，切忌暗地行事；除此之外，如果下属和亲信无过人之处却备受器重，居高位者也会被怀疑贪污腐败。至于粗暴，它会引起不必要的反感。严厉令人惧怕，粗暴使人怨恨。因此，就算是训责下属，也应严肃谨慎，不可恶言相向。同时也不可太顾及情面，那要比受贿更糟糕，贿赂不过是偶有为之，而一个人若总是碍于人情，那他将永无脱身之日。所罗门曾言：“徇私非善事，因徇私之人会为面包而枉法。”❶

古语道：“地位显人格。”高位让有些人显得出色，也使有些人显得逊色。在谈及加尔巴时，塔西佗曾说：“假如他没做过皇帝，大家便都认为他会是个好皇帝。”而当谈到韦斯帕芗时，他又说：“在所有君王中，只有韦斯帕芗在做了皇帝后有所增进。”不过塔西佗的前一句话说的是执政能力，后一句话则指的是人格情操。〔加尔巴，罗马帝国的皇帝。比起前任君主，加尔巴廉政且重视办事效率，但由于缺乏笼络人心的政治手段，再加上实行的暴政措施引发各阶层的不满，因此在混乱中上位的加尔巴仅为政7个月就被杀害。韦斯帕芗，罗马帝国的皇帝，结束了由加尔巴开始的四帝之年，开辟了弗拉维王朝。韦斯帕芗平易近人，对别人的侮辱和敌视从不耿耿于怀也不施以报复，他还是个生活简朴、宵衣旰食的执政者，在生命的最后时刻还在处理政务。〕身居高位而增进修养，方显出品德高尚，因为权位本应是德行之位。在自然界中，万事万物运动时都有剧烈震动，一旦就位了就趋于平缓了；德行修养也是如此，追求高位时张扬得淋漓尽致，功成名就后就安稳下来了。

跻身高位的过程就像攀爬旋梯，过程中遇到帮派便可迎机而上，升至高位后则须保持中立。评价前人时应当谨慎公平，否则退位之后必偿报应。对待同僚〔同在一处做官的人。〕要尊重，宁可主动见他们，也不要在他们有求时避而不见。与人谈话或回复私人请求时，哪怕让别人说“这人私下里和官场上像两个人一样”，也不要总摆架子。

名师赏析 MINGSHI SHANGXI

“伴君如伴虎”，为臣者常如履薄冰，然而培根此处尽述为臣之道，可以教人少走弯路。唐太宗李世民曾言：“以人为镜，可以明得失。”可见谏官在君主的统治中扮演着极为重要的角色。君主应该广开言路，善于纳谏；谏官则应该斟酌损益，尽进忠言。贵族不仅是个人的一种身份，还是国家的一个阶层。贵族居高位，理应增进修养，有好的德行，而不是身染陋习，成为国家蛀虫。要知道，为臣者不该凡事谋私利，而应一心为君主和国家。

好词好句 HAOCI HAOJU

诤友　从谏如流　蹒跚　踉跄　黄口小儿　和盘托出　结党营私

选贤举能　直抒己见　共商国是　更迭　芥蒂　跻身　悻悻

去芜存精　有据可循　帷幄

延伸思考 YANSHEN SIKAO

1. 自古就有“忠言逆耳利于行”，除此之外，你还在《论进言与纳谏》中学到了哪些？

2. 贵族似乎在某种程度上就是一种“高位”，结合这两篇你知道了哪些为“贵族”之道？

十四、为君之学

论君主

渴求之物很少，而恐惧之物甚多，这种心态不能说不可怕。不过这正是身为君主的真实写照。君主地位至高无上，再无更高的追求，因而心中难免苦闷；他们又处于权力漩涡的中心，身边总是险象环生，难得安宁。这大概就是《圣经》中所说的“君心莫测”的原因之一。〔《旧约·箴言》第 25 章第 3 节中写道：“天之高，地之厚，君王之心也测不透。”“君心莫测”是对前文论述的精妙总结。〕如果心中充满猜忌，又无追求的目标，便会使一个人的内心难以捉摸。因此君主们常为自己创造欲望，让心思分散在一些琐碎杂物上，像是设计一座建筑、规范一项制度、提拔一任官员、掌握一门手艺等，就像尼禄善于弹琴、图密善精于射箭、康茂德专于角斗、卡拉卡拉长于驾车一样。这些似乎有点令人难以置信，但却不无道理，可见即便只是在小事上有所获益，也比在大事上停滞不前能够振奋人心。不难发现，一些君主在年轻时南征北战、攻无不克，但终有极限走向衰落，年老时就变得崇尚迷信、郁郁寡欢，亚历山大、戴克里先以及世人知晓的查理五世都是如此。〔马其顿国王亚历山大大帝在 32 岁时就完成了他征服世界的梦想，至今无人超越，但是不幸于 33 岁时死于疟疾，此处作为例证似有不当。相传罗马皇帝戴克里先因晚年看着自己所创的四帝共治制遭到破坏，各项成果毁于一旦而精神失常，最终悲惨地死去。曾有过“在我的领土上，太阳永不落下”这一豪言壮语的神圣罗马帝国皇帝查理五世在遭遇政治失败后隐退，逝于修道院。〕而之所以会这样，大概是因为凡事都勇往直前的人一旦发觉自己开始止步不前，就会逐渐自我厌弃，最终不复从前。

接下来谈谈君权之均衡。君权的平衡是很难维持的，因为平衡与失衡中都蕴含着王权与民权的矛盾。融合矛盾便是平衡，让矛盾交替出现便是失衡。〔提出君权的平衡与失衡。〕阿波罗尼奥斯〔《论友谊》一文中曾提及。〕对韦斯帕芗提问所做的回答可作为教育典例。韦斯帕芗问：“为何尼禄的统治会被推翻？”阿波罗尼奥斯答：“尼禄虽然十分擅长弹琴，但在其执政期间，他却时而将琴弦绷得太紧，时而又把琴弦放得太松。”可见，对君主威信损害最大的便是对君权的滥用，高压紧逼或听之任之都不可取。❶

事实上，当代君主巩固统治的方法多半不是防患于未然，而是在危难到来时设法转移风险侥幸逃脱，但这纯粹是在碰运气。君主们须注意，绝不能忽视或无视引发动荡的柴火，因为没有谁能阻止火星迸发，也无人知晓火星会出现在哪里。〔以火星作比，意在表现动荡隐患的不可控性。〕君主在成就霸业的道路上势必多灾多难，但最大的困难来自他们内心，因为君主们往往心绪复杂又矛盾，正应了那句话：“君主的欲望强烈，却又互相矛盾。”〔出自古罗马历史学家撒路斯提乌斯的《朱谷达战争》。〕通常的情况便是，君主极欲达成目的，却又不忍采取行动。

君主要与邻邦、妻子儿女、高级教士、王公贵族、新晋士绅〔士族和乡绅的结合体。〕、商贾〔即商人。贾：gǔ〕之流、平民百姓以及士兵军人打交道，而对待这些人，做法稍有不慎，就会引发危险。

先从与邻国打交道说起。邦交情况复杂多变，所以没有定规，但有一点却始终适用，即君主应常有戒备之心，谨防邻邦通过领土扩张、贸易垄断或是征兵训练等手段来自我壮大，进而对本国造成巨大威胁。政府常任委员会应该负责预见并阻止这种情况的发生。在英王亨利八世、法王弗兰西斯一世和罗马帝国查理五世三足鼎立的时期，三个国家就互相监督制衡。任何一方侵占寸土，另外两方都会采取行动以平衡势力，或是结盟，或是宣战，但绝不会为了和平牺牲本国利益，“意大利的安全保障联盟”〔在意大利历史上，那不勒斯、佛罗伦萨和米兰（这三个都是意大利城市）结成的联盟。〕也是如此。然而一些经院派哲学家则认为应该遵守如下准则，即人不犯我，我不犯人。毫无疑问，这种做法完全不可取，即使没有遭受攻击，出于对即将降临的战争的恐惧，先发制人采取行动也是再正当不过的了。

论及君主后妃，历史上不乏心狠手辣之徒。莉维娅毒死了自己的丈夫，从此遗臭万年；罗克塞拉娜将著名的王子穆斯塔法谋害致死，还干涉王室事务、扰乱王位继承；伊莎贝拉密谋废黜〔取消王位或废除特权地位。黜：chù〕和杀害了她的丈夫。因此一旦后妃们开始密谋让自己的孩子继位，或是与别人暗通款曲〔为了隐瞒别人，私下里进行沟通或接触。含有贬义。〕时，君主就有危险了。❷

MINGSHI DAODU

名师导读

❶ 援引罗马皇帝尼禄的事例来论证君权均衡即为用之有度。

❷ 历史上有两个莉维娅，一个是提比略儿子的妻子，另一个是奥古斯都的妻子，两个莉维娅都参与了毒害自己丈夫的事。罗克塞拉娜是苏莱曼一世的王后，臣服于罗克塞拉娜的苏莱曼一世将原来的宠妃连同她的儿子穆斯塔法（当时的王储）一同流放，后又将穆斯塔法处死。伊莎贝拉是英王爱德华二世的妻子，她与情夫共谋，罢黜并杀害了爱德华二世。

MINGSHI DAODU
名师导读

❶ 因为父母失和，亨利、理查德和杰弗里三兄弟站在母亲一边对父亲亨利二世开战，但是很快他们就被亨利二世打败。不过后来理查德弑父即位，为理查一世。

❷ 以门静脉作比，突出商业贸易对国家的重要性。

君主的子女也并非省油的灯，由他们引发的危险或造成的悲剧也不在少数，而其源头多来自君主对子女的怀疑。上一部分中论述的穆斯塔法之死对苏莱曼家族而言无疑是灭顶之灾，在那之后，自塞利姆二世遭受质疑开始，时至今日，土耳其的历代王位继承人都饱受怀疑，众人总以为他们的血统已不再纯正。〔罗克塞拉娜设法使苏莱曼将穆斯塔法处死后，其亲生儿子听闻噩耗，自尽身亡。之后她的另一个儿子巴业塞德造反未遂，被处死。最后无能而又沉迷酒色的长子塞利姆登基，但金发碧眼的塞利姆长相与其父不同，因而血统受疑。〕君士坦丁大帝处死了他年轻的儿子克里斯普斯〔克里斯普斯受继母法乌斯塔（君士坦丁的第二个妻子）的诬陷被处死。〕，这也为他的家族带来一场灾难——君士坦丁另外两个儿子康斯坦提努斯和康士坦斯都死于非命，而康斯坦提乌斯更是没落得什么好下场——最终在与朱里安的叛乱之战中病死他乡。马其顿王子德米特里厄斯被其父腓力五世赐死，结果腓力五世却发现自己误杀儿子，最终含恨而死。此类事例不胜枚举，君主能从对其子嗣的猜忌中收获的好处少之又少。不过儿子们举兵反叛父王却是例外，像是苏莱曼一世诛其谋反的逆子巴业塞德，或是英王亨利二世处置联合反叛自己的三个儿子❶。

妄自尊大的高级教士也很危险。当年的两位坎特伯雷大主教圣安塞姆〔意大利神学家和哲学家，因教会权利问题先后同英王威廉二世和亨利一世发生冲突。由于态度坚决，曾遭两个国王放逐。〕和贝克特〔任职大主教期间，过于高傲想证明自己的贝克特处处反击老友亨利二世，激怒亨利二世后遭审判，罪名下来后便仓皇而逃。〕便是这种高级教士，这两位曾企图执主教之权杖抗衡君主之利剑，殊不知，他们针锋相对的却是几位坚毅而自信的国王。这样的危险并非来源于教会本身，而是因为教会有国外势力支持；危险也可来自这样一些神职人员，他们的升任不是君主或是圣职授予人员所决定的，而是凭借众人的爱戴获得的。

王公贵族有危险，所以和他们保持一定的距离并不为过。抑制贵族的势力诚然可以稳固王权，同时却也后患无穷，甚至会让君王施政时遭受阻力。这一点在笔者拙作《英王亨利七世传》中已有描述，亨利七世对贵族的压制导致他的执政生涯困难重重，尽管表面上贵族们仍然效忠于他，但却不肯好好合作，导致亨利凡事都得亲力亲为。

新晋士绅倒不会有太大的危险性，因为这是个权力分散的阶层。尽管他们有时可能会出言不逊，但都构不成大的危害。更好的是，新晋士绅可成为均衡旧贵族势力的一方力量，这样一来贵族的势力便不至于过于强大。除此之外，新晋士绅最接近平民阶层，也能有效地缓和民众骚动。

商贾之流可称得上是国家的“门静脉”。如果门静脉的血量不充盈，那即使四肢健全，也难免会出现供血不足的情况。于增加国库收入而言，对商人征收重税并无多大好处，这种做法无异于丢了西瓜捡芝麻，因为如果各项税率都增加，那贸易总额一定会下降。❷

平民百姓通常都不会对君王构成什么威胁，除非民间出现了强有力的领导人物，或者民众的宗教、习俗或生活方式受到干扰。

至于士兵军人，若一直不改其建制〔国家机构或团体内的编制和系统。〕，令其长驻一处，并常常打赏，那么他们就会对君王构成威胁。骄纵的土耳其新军和贪婪的古罗马禁卫军都是前人的教训。最好的方法应是让士兵分散驻扎，时常更换将领，不予奖赏，他们的威胁也就被大大削弱了。

君主就像天上的星宿，能开创盛世，也能带来衰落。他们虽受人尊敬，却宵衣旰食〔天不亮就穿起衣来，时间晚了才吃饭。形容为处理国事而辛勤地工作。旰：gàn〕，不得片刻停歇。为人君主，须谨记两点：第一，你是凡人；第二，你是神或神的化身。前一点是对君主权力的制约，后一点则是对其欲望的限制。❶

论叛乱与骚动

守卫国民之士须有预知国家局势之才能。正如自然界春分秋分时节常常会有疾风骤雨，〔春分秋分时节，太阳直射赤道，受引力场影响，潮汐现象最为明显，浪潮也会更大。〕国家局势往往在多方势力不相上下时最易发生剧烈动荡。又好比风暴前夕会有谷间风来、海底潮涌，国家局势变幻也会有所征兆：

太阳时刻都在告诫我们风雨之势欲来，阴谋叛乱将现。

〔引自维吉尔《农事诗》，意在说明反叛暴动发生前必有征兆。〕

类如对君主的恶意诽谤、对政府的造谣中伤和对国家的肆意攻击等行为都是动乱的前兆，尤其当诽谤变得频繁而招摇，谣言不胫而走〔比喻事物无须推行，就已迅速地传播开去。〕并取信于人时，更是如此。

维吉尔曾将“谣言女神”说成提坦巨神的妹妹：在对众神的愤怒中，大地之母生下了谣言女神，她是科俄斯和恩克拉多斯最小的妹妹。❷按照这种说法，谣言似乎是叛乱之后的产物，但实际上它更是早于叛乱的前兆。不过，维吉尔所言确有一定的道理，以谣言煽动叛乱和以行动发起反叛之间差别不大，无异于兄妹或男女之别，而当政府的治理应值得称赞却被恶意中伤时，两者的差别就更是微乎其微，因为此时的谣言会招致民愤，还如塔西佗所言："当民愤之情开始弥漫，无论政府有何作为都会被抨击。"〔引用塔西佗的话，强调恶意中伤的谣言导致的民愤危害深远，正好印证了以谣言煽动叛乱和以行动发起叛乱两者之间的差别其实不大。〕

诚然谣言是动乱的征兆，但也不意味着应该对谣言严厉制止。事实上，四处辟谣只会让公众更加困惑，顺其自然不失为制止谣言的最佳方案。此外，塔西佗所提及的"忠顺"也值得关注，他曾言："有些臣子享用着国家给的俸禄，却对上面的命令或指示说三道四，不乐于服从。"对命令和指示吹毛求疵〔吹开皮上的毛寻疤痕。比喻故意挑剔别人的缺点，寻找差错。疵：cī〕、争议不断或推诿扯皮〔指推卸责任，毫无必要地争论。诿：wěi〕都是不愿服从、意欲违抗的表现，而如果在此类争论中，赞同者说话唯唯诺诺〔形容自己没有主意，一味附和，恭顺听从的样子。〕、谨小慎微，就会令反抗者更加肆无忌惮。

MINGSHI DAODU

名师导读

❶ 凡人的权力受约束，不可僭越；神必能克制私欲，不能纵欲。这两句话总结概括了为君之道。

❷ 科俄斯和恩克拉多斯都是提坦巨神。作者似在用维吉尔的话喻指谣言的产生：众神象征统治者，大地之母象征民众，而提坦巨神象征反叛者。

MINGSHI DAODU
名师导读

❶马基雅维利与我国古代思想家荀子英雄所见略同。在荀子所说的“水能载舟，亦能覆舟”一句中也将统治者比作了船。不过荀子是在强调民心的重要性，而此处马基雅维利强调君主应不偏不倚。

❷引用罗马内战的例子，有力地论证了叛乱的第一个要素：积贫者多。

❸民众的不满情绪存在不合理性，但也万不可忽略。以乌云作比，并引用谚语，充分说理，发人深思。

另一方面，马基雅维利的看法也不无道理，他认为君主本应是民众之父，若其自立门派或偏向某一党羽，便成了载重不均的船舶，随时可能侧翻。❶法国的亨利三世便是如此。起初为消除新教势力，亨利三世选择借助天主教同盟的力量，但不久后，天主教又反把矛头指向了他。可见，君主的权威若仅被视为维系某一事业的辅助力量，那么当比君权更牢固的纽带力量出现时，君主将会退出权力舞台的中心。

还有一点，一旦拉帮结派和权力争斗的局势日趋分明，政府也就快失去其威望了。按照古典天文学理论，每颗行星都在第一动力支配下快速移动，与此同时自身缓慢旋转。臣子们的行为本也该如此，各人在政府管控的第一动力下各司其职。可若是政府要员的个人行动过于迅猛，像塔西佗所说的“行事目无君主”，则说明这些“天体”已经偏离了正轨。君主的威严由上帝赋予，因此只有上帝可以威胁说要将其收回，说出“我要解开列王的腰带”〔出自《旧约·以赛亚书》第45章第1节，这句话是在说上帝有权利收回列王的权力。〕这句话。因此，政府的四大支柱中，无论宗教、法律、议会和财政哪一方势力被撼动或削弱，都会引发民众对平静安稳的祈求。

暂且把叛乱的征兆这个话题放在一边，现在

来谈谈叛乱的因素，之后说说叛乱的动机，最后再讲讲防止叛乱的方法。

关于叛乱的因素确实值得深思，因为如果形势和时间允许的话，消除这些叛乱因素就是防止叛乱最稳妥的方式，毕竟一旦柴火备好，很难预测何时会飘来点火星将其引燃。叛乱的因素主要有两个，一是积贫者多，二是不满者广。先说积贫，不可否认，破产的人越多，就越会有更多的人支持叛乱。卢坎〔罗马诗人，著有史诗《法沙利亚》，描述恺撒与庞培之间的内战。〕对内战前罗马的情形描述得十分贴切：从此有了恐怖的高利贷和贪婪的厚利，从此有了信用机制的撼动和惠及众人的战争。而这种“惠及众人的战争”确是一种明确的征兆，表明国家危在旦夕。若是穷苦人家缺衣少食，富贵人家也纷纷破产，那么一场动乱将在所难免。而这种只为养家糊口而发动的战乱最难平息。❷

关于不满，政府内部的牢骚不满就像人的不良情绪，都容易日积月累，最后爆发成异常的愤怒。君主不能以这种不满情绪的合理与否来评估风险，因为民众的情绪并非如想象中那般理智，事实上他们经常将自身利益弃之不顾。君主也不能以不满之事带来的痛苦程度评估风险，因为在最危险的不满情绪中，恐惧的成分往往远高于痛苦，而且“痛苦尚有边际，恐惧却无穷无尽”。〔危险情绪中恐惧高于痛苦，且痛苦有边而恐惧无尽，从这两点可知，只衡量不满中的痛苦是远远不够的。〕而且，在高压统治之下，有些事情虽令人痛苦，但一旦有了耐性，反而会令人丧失斗志，但恐惧并非如此。无论是君主还是政府，都不能因为不满情绪屡见不鲜，或者因为不满情绪由来已久无甚妨碍，就对之掉以轻心。诚然，并非每一团乌云都能降下暴雨，但是确有一些虽已被风吹散最后却依然降下了暴雨的乌云，正如一句西班牙谚语：绳子总是会因最后的轻轻一扯而断掉。❸

叛乱的原因和动机通常有如下几种：宗教革新、赋税增收、法律变更、习俗变迁、特权废除、压迫遍布、小人上位、异族入侵、供给匮乏、士兵遣散、派系纷争，以及类似的会激起民愤、聚拢民心并令民众为之共同奋斗的事。

下面要讲一讲防止叛乱的手段。最根本的方法是就事论事、对症下药，而不仅仅是泛泛而谈。

第一种策略就是要消除上文提及的叛乱因素之一，即改善国内的积贫现状。为了达到这个目标，政府要实施开放并均衡贸易、注重生产、消除懒惰、严惩浪费、改良耕地、管控物价、轻徭薄赋〔减轻徭役，降低赋税。〕等措施。

通常情况下，一个国家的人口不应该超出本国供养能力所能承受的数量，在因无战乱导致的人口众多的情况下更是如此。而国家的人口也不应只看数量多少，比起数量庞大而收入远高于支出的人，那些数量虽小但花销比收入大的人会更快地消耗国家财富。因此，如果贵族和官吏的人口增长超过贫民人数，人口比例失衡，国家便会面临财政困难。僧侣及神职人员过多也会给国家带来麻烦，因为他们不能为国家带来实质的财富。学者也是如此，如果培养人数过多，超出职位需求，就会造成损失。

与此同时需注意的是，国家财富力量的壮大离不开与其他国家的贸易往来，因为一国之内财富盈亏与否不过此得彼失罢了。而一个国家向外国出口的物品主要有三种：自然物产、工业制品和商务输出，只有当这三个轮子正常运转时，财富才会滚滚而来。常常还会有“劳动比产品更值钱”的情况出现，即劳动力和原材料比工业制品更有价值，更能为国家带来收益。荷兰就是这样，这里虽自然资源匮乏，但却有着世界上最宝贵的“地上矿藏”。〔“地上矿藏”喻指工业，自然资源受限的荷兰经过工业发展成为贸易强国。〕

至关重要的是，政府应采取有效措施，实行可行政策，避免让国家的财富集中在少数人的手中，不然就会造成国家富有而民众贫穷的局面。财富就像肥料，如果不广泛地施于田地就无法发挥其效用。而若要做到财富合理分配，

就应该严格禁止或者严格控制高利贷交易、垄断贸易（荷兰垄断贸易），以及毁田放牧（圈地运动）等行为。❶

接着说如何消除不满情绪，或者至少消除不满情绪中的危险成分。众所周知，每个国家都有两种阶层的臣民，即贵族和平民。若贵族和平民中只有一方有不满情绪，那么危险都不会太大，因为没有贵族煽动，平民不会轻易揭竿而起〔砍了树干当武器，举起竹竿当旗帜，进行反抗。指人民起义。〕，而缺乏平民的支持，贵族也会势单力薄。可是，一旦民怨载道又有贵族附和，危险就大了。诗人们叙述过这样一个故事：众神密谋着要绑住主神朱庇特，朱庇特听到这一消息后，采取帕拉斯的建议，找了百臂巨人布里阿柔斯来帮助自己。这个小故事确实带有寓言的性质，但它却充分说明如果君主能得民心，那一切问题都可迎刃而解。只要民众发泄内心愤懑之情时不致无法无天、肆无忌惮，那么上上策还是给予他们一定的发泄自由。因为如果民众只能一味地把苦水咽进肚子里，伤口的脓血被堵住不放，就会有积郁成疾或是恶性病变的危险。〔以脓血作比，极言民众应该有陈情抱怨的权利，否则将有大患。〕

在消除不满情绪的事例中，埃庇米修斯的做

MINGSHI DAODU
名师导读

❶ 以上四段分别从政府措施、人口控制、贸易往来、财富分配四个方面论述了解决积贫问题的方法。

法最适合处理普罗米修斯的情况，毕竟也没有其他更好的办法了。当纷繁的痛苦和邪恶情绪接连飞出盒子时，埃庇米修斯最终把盖子盖上，希望也因此被关在了盒底。❶毋庸置疑，认真培植希望，并不断努力将人们引向新的希望，是预防不满情绪的好办法。明智的政府一般懂得如下两点：在无力有求必应以响应民心时，仍可以创造希望俘获民心；当灾难出现时，可以临危不惧，好像灾祸可以避免，且大有希望；这后一点要做到并不困难，因为只要事情还有希望，无论个人还是政党都更易心存侥幸，至少也会为此装出一副勇敢面对的样子。

还有一种为人所知的处理不满的最佳策略，就是要小心防备有不满情绪的人去求助并投靠那些位高权重的领军人物。我相信这样的人物大多颇有名望和功绩，深受有不满情绪的政党的信任和关注，并且这些人物自己也被认为对国政不满。对待这样的人物，政府要么采取可行的方法笼络他们，要么让他们与同党中的另一派对立，以削弱其声望。通常来说，对待各个反对政府的党派，采取挑拨离间〔搬弄是非，使别人不团结。〕的手段令其互相猜忌、彼此疏远，进而分崩离析，如此做法倒也不算是下策。毕竟若是拥护政府的人都四分五裂，反对政府的人反倒团结一致，情况就太不妙了。

MINGSHI DAODU
名师导读

❶ 这是神话潘多拉故事情节的另一解释版本，埃庇米修斯不顾弟弟普罗米修斯的告诫，接受了宙斯的馈赠“潘多拉”而由此引发了灾难。这里说“希望”被关在盒底，所以民众对希望的诉求便更加迫切，借以引起后文政府通过引导希望平复民心的话题。

❷ 最后一段回归对叛乱的论述，结尾句为点睛之笔，引人思考。

除此之外，有些君主嘲讽打趣之言也可能引起叛乱。恺撒曾说：“苏拉没什么文采，也不懂独裁。”这话虽是戏言，却让那些笃定他早晚会放弃独裁专政的贵族大臣们彻底失望，也害得恺撒丢了性命。加尔巴也曾因戏言丧命，他常说：“我只习惯征兵，不习惯买兵。”这话令那些靠军饷〔军人的薪俸和给养。〕谋生的士兵们失望透顶。还有普罗布斯也是，他说：“只要我活着，罗马帝国就不再需要士兵。”这话使士兵们极度绝望，普罗布斯就因此丧了命。凡此实例，不胜枚举。所以在事态微妙或局势不稳的时候，君主必须慎于言辞，尤其是在一些只言片语上更应谨慎小心。这些话会像离弦的箭一样不胫而走，并往往会被误传为君主的肺腑之言；倒是君主的长篇大论常常被人认为枯燥无味，鲜少受人关注。

最后一点，为了防患于未然，君主身边必须要随从一名或多名骁勇善战〔勇猛，善于战斗。骁：xiāo〕的将士，以便能把叛乱扼杀在起事之初，否则叛乱一起，满朝惊惧，国家就会陷入如塔西佗所说的险境——“在叛乱开始初期，人们的心态多是敢于反叛的人较少，想参与其中的人却多，但所有人都会默认叛乱的行为。”❷

名师赏析 MINGSHI SHANGXI

治国不易，殊不知为人君主，也有诸多学问。除了要处理邦交事务、把持国内朝政、稳定臣民之心、操心军队建制之外，还要为后宫起火、妻儿争斗而担忧，真可算得上“可怜天下君主心”了。操劳这些的同时，君主还得不时地反思自己的统治是否稳定，若是有骚动或是反叛的苗头，得及时熄灭，不然难保从哪处飘来点点火星就将其点燃了。

好词好句 HAOCI HAOJU

商贾　废黜　暗通款曲　宵衣旰食　不胫而走　吹毛求疵　推诿扯皮

唯唯诺诺　轻徭薄赋　揭竿而起　挑拨离间　骁勇善战

君主就像天上的星宿，能开创盛世，也能带来衰落。

延伸思考 YANSHEN SIKAO

1. “君主就像天上的星宿，能开创盛世，也能带来衰落”，你能找出这样的例子吗？
2. 《论叛乱与骚动》中说谣言是叛乱的征兆，你知道历史上哪些叛乱可印证这句话吗？

十五、治民之规

论党派

君主或朝臣在处理政务时，过分顾虑党派之间的关系，确是不智之举；将有关国家利益的事务处理得当，得各党各派的拥护，与每位臣子打交道时都不考虑其党派身份，方为上上之选。然而，不可否认的是，党派关系的确不可小觑。〔欲扬先抑，以君主不可过分关注党派之争为切入点，接着说其实党派力量不容忽视，引出下文。〕

地位卑微者在升迁路上需要借党派之力，而位高权重者应该保持不偏不倚的立场。初入仕途难免要依附于党派，不过要适度，确保不得罪其他党派，如此，升迁之路才不会受阻。

成员稀少、势力单薄的党派内部往往十分团结，难怪那些坚忍不挠的小党能将不温不火〔原可指人的性情温和，此处拟人化来用。〕的大党拖下台了。

两党相争过后，得胜的那一党派常会四分五裂。当年庞培和恺撒结党，将卢库鲁斯和元老院结成的党派击败之后不久，他们二人就短兵相接〔比喻双方面对面进行尖锐的斗争。〕；安东尼和屋大维也曾结党，不过在对付完布鲁图和卡西乌的党派后，两人也很快就反目成仇。不仅在战争时期是这样，平时朝中党派私下的斗争亦是如此。获胜党派分裂，原来位居二线的臣子成为新党党首，但他们也往往变成无用的弃子，因为有些人只有在争斗中才能体现其价值，如果没了对手，他们也就没了用处。

一旦借助党派之力谋得权位，有些人便开始接触其对立党派，他们的想法或许是既已经抓住一个党派了，不妨再多抓一个。

在派系斗争中，倒戈者往往好处尽收；因为斗争双方僵持不下，倒戈者常会打破僵局，从而赢得得胜党的不尽感激。[1]

在党派之间不偏不倚的人并非是坚守主和的中庸之道，多半是在盘算自身利益。意大利的教皇常把“众人之父”挂在嘴边，不过人们都知道教皇想借此将一切都归于自己伟大的身世。但是君主一定要不偏不倚，更不能成为某党派的成员。

党派于君权而言，百害而无一利，因为党派成员要对党派履行的义务远高于他们对君主应尽的义务，并且党派还会将君主视为他们的其中一员；法国的天主教同盟便是这种情况〔见《论叛乱与骚动》一文中关于法王亨利三世的论述。〕。党派之争日趋激烈的时候，就足见君主的软弱无能，而这又会削弱君权、危害朝政。在君主制国家，党派活动就应该像天文学中的小行星运动——有自转，更要受“第一动力”支配公转。〔具体参见《论叛乱与骚动》一文。〕

论司法

法官之职责在于司法而非立法，即法官能解释法律而不能修改法律。如若不然，法官之司法权就会演变成像罗马教会中被滥用的职权；这些人以阐明《圣经》为由，对《圣经》任意添改，借古典之物来宣扬自己所推崇的新

的东西。❷

法官应当聪敏机智，但更应当博学多识；法官应当能言善道，但更应当严肃可敬；法官应当自信沉着，但更应当深思远虑。不过法官最应当具备的品质是刚正不阿〔刚强正直，不逢迎，无偏私。〕。摩西律法有言，“挪动界石，必遭诅咒”，使界石移位的人理应受谴责；如果在田地和财产诉讼中法官判决不公，那他就是挪动界石的主犯。所罗门曾说：“姑息恶人的义者是在搅浑泉井。”如果说犯罪是在污染径流，那不公正的判决则是在污染水源，因此，再多的犯罪都不及一次不公之判危害深广。

法官之职权所涉及的不仅与诉讼双方和控辩律师有关，也与下属的司法官吏乃至君主和国家有关。

第一，法官与诉讼双方的关系。《圣经》上说：“有人想把审判变成苦艾。”也定会有人想把审判变成醋；不公正就是使审判变苦的苦艾，耽搁延迟则是使审判变酸的醋。〔《旧约·阿摩司书》第5章第7节中写道：“你们使审判变为苦艾，将公义丢弃于地。”此处借用圣经中比喻的手法，将拖延耽搁比作醋，补充说明了审判没有得以正确进行的又一原因。〕法官之首要任务就是惩治暴行和诈骗，尤其是公开的暴行和隐秘的

MINGSHI DAODU
名师导读

❶派系争斗时先隔岸观火，待到时机成熟再倒戈；这种手段颇有些“坐山观虎斗”，然后尽收“渔翁之利”的感觉。

❷直接点明法官之职责，后佐以罗马教会的例子，论述严谨。

MINGSHI DAODU
名师导读

❶ 此处用来喻指刑法过度解释便会令原本施于恶人的惩罚波及民众。

❷ 本段主要从法官应该如何对待律师方面进行论述，强调了法官的可为和不可为，另外对律师在法庭上如何表现也有提及。

诈骗，因为这些行为危害更大，更要及时处理；而像那些鸡毛蒜皮的口舌官司，则可不必太理会。正如上帝削山填谷为自己铺路，法官也应该有所行动来为公正判决铺路。〔《旧约·以赛亚书》第40章第4节中写道："一切山洼都要填满，大小山冈都要削平，高高低低的要改为平坦，崎崎岖岖的必成为平原。"此为上帝削山填谷。〕如果当事人一方有以势压人、仗势欺人、大施暴行、投机取巧、串通合谋、抗辩强悍等行为时，法官应当不偏不倚，这样才能化不公平为公平以求判决公正。"擤鼻子过力会擤出血"，榨葡萄时压力过猛会碾碎苦涩的种子。〔凡事"刚过则断"，一定要灵活处事。〕因此法官务必慎言，解释法律时不能生搬硬套，推理论断时不能牵强附会〔指把不相关联的事物牵拉在一起，混为一谈。〕，要知道对法律的曲解是世间最大的曲解。尤其是在解释刑法时更要小心，绝不能将用于警戒世人的法律变成滥施暴行的工具，绝不能将《圣经》中所说的罗网笼罩于民众头顶。❶ 因此明智的法官应通晓此理，且在援引那些长期不用或不再适用的刑法条例时，应当加以限制；审判裁决时，法官不仅要注重案情本身，还要对案情背景予以考虑；在审理命案时，法官应在法律允许的范围内，在保持公正的同时不忘慈悲，严肃对事、慈悲待人。

第二，法官与控辩双方律师的关系。于法官而言，耐心而严肃地听取诉讼是法官最基本的职责，而多嘴多舌则有失体面。法官不应事先对案件多加打听，而应以律师的陈述为主；法官不能为表自己之明察而频繁中断证人和律师的陈述，也不该通过提问的方式诱导律师披露后续要陈述的事实。法官开庭审讯时应当做到以下四点：一是审查证据；二是控制陈述，包括冗长、重复或与案情无关的陈述；三是确认证词，即对已发表的证词做概述、筛选以及核对；四是做出裁决。一旦法官之为超出上述职责范畴，便属于越职行为，其越职之因不外乎以下四种：炫耀口才，不耐听诉，记性不好，用心不专。法官坐在上帝的审判席上，本就应当效仿上帝以除暴安良；然而奇怪的是，有些大胆而放肆的律师竟为法官所钦佩；更为奇怪的是，某些知名的律师竟还成了法官的宠儿，须知这种现象不但会使那些律师的酬金水涨船高〔比喻事物随着它所凭借的基础的提高而增长提高。〕，还会给法院带来“有后门可走”的嫌疑。在法庭上，对于恰当处理案件并且合理辩护的律师，法官应给予认可或赞许；如果败诉方的律师表现出色，就更该表扬，如此举动不但能维持败诉律师在其委托人心目中的权威，而且有助于打消委托人对案件的错误想法。反之，对于诡辩耍滑、严重疏忽、举证不足、无理强辩的律师，法官也应当予以斥责。庭审时，律师不能与法官针锋相对、唇枪舌剑；判决后，律师也不该说长道短、重提案件。而在另一方面，法官不可退让迁就，也不能贻人口实〔指说话不小心，给人家留下了话柄。〕，让诉讼双方说自己没听他们一方的律师陈述或证人说辞。❷

第三，法官与下属司法官吏的关系。法院之神圣不仅体现在法官之公正廉明，更体现在法院之内皆无腐败与丑行。《圣经》上说：“荆棘丛中向来摘不到葡萄。”一旦有贪赃枉法的司法官吏，法院就变成了长不出甜果的荆棘丛。〔《新约·马太福音》第7章第16—17节中写道：“荆棘上岂能摘葡萄呢。蒺藜里岂能摘无花果呢。这样，凡好树都结好果子，唯独坏树结坏果子。”化用圣经中的比喻，形象贴切。〕对法院有害的司法官吏有四种。第一种，他们无事生非挑起诉讼，这种人不但造成了法院的冗员现象，而且还会使国家走向下坡路。第二种，他们为一己私利而鼓吹法院的司法权，进而把法院卷入司法权限之争，无疑是法院的蛀虫。第三种，他们两面三刀〔比喻居心不良，当面一套，背后一套的人。〕、施奸耍滑，破坏法院的正常秩序，进而使司法与公正误入迷途，好比“法院的左手”❶。第四种，他们通过不正当手段收取或敲诈诉讼费，这种人的存在常常会使为避风雨而跑入法院这片灌木丛的羊损失部分羊毛。与上述官吏正相反，精通律法、熟悉法务且谨言慎行的司法官吏则对法院事业大有益处，有时还能为法官指点迷津〔针对事物的困难处，提供解决的方向、办法或途径。〕。

第四，法官与君主和国家的关系。罗马《十二铜表法》的结语为：最高法律即人民之福祉。法官须要懂得，不以保障人民的利益为出发点的法律就是为难百姓的条文，就是未得启示的神谕。司法有碍于政务时，君主和政府能跟司法者协商；政策有碍于司法时，司法者亦能与君主和政府洽谈，此乃国之大幸。其实，诉讼和争端表面上看是由归属权的矛盾所致，但究其因果又往往涉及国事。这里的国事不仅单指王权，还包括了重大革新、危险诱因和国民问题。公正严明的法律与切实合理的政策之间从不存在任何对立关系，此二者恰如精神与肉体般相辅相成。法官还应牢记，所罗门的宝座两旁由雄狮护卫，自己应是雄狮，但必须是臣服在王权宝座下的雄狮，切不可阻挠甚至违抗君权。〔以雄狮为喻，点明法官应在保证君权的前提下发挥其作用。〕最后，法官必须铭记于心：自己的职责便是公正判明地运用和实施法律。圣保罗在谈及基督的律法时曾说："这律法本是好的，只要人用得恰当。"〔《新约·提摩太前书》第1章第8—9节中写道："我们知道律法原是好的，只要人用得合宜。因为律法不是为义人设立的，乃是为不法和不服的，不虔诚和犯罪的……"此处借《圣经》之言，再次说明法官职责——明辨是非的重要性。〕

论殖民地

殖民地是古代先人的英雄伟业之一。世界曾经正值壮年，繁衍的子女众多，如今已显老态，便少有新生的子女。由此看来，倒是不妨把新建的殖民地看作是原来的国家所生的孩子。〔将世界拟人化，把殖民地看作新生子，此用法新颖独特。〕

建造殖民地最好选择无人居住的土地，这样就能避免因殖民而消灭原著居民的行为，不然殖民与除民有何差别？建造殖民地就像植树造林，必须要长期投入才能收获成果。许多殖民地没能顺利建成正是因为殖民者太过急功近利。诚然，只要有利于殖民地的发展，确实可以考虑如何快速盈利，但一定要注意适度。

将本国的无赖和囚犯送到殖民地充作居民，

MINGSHI DAODU
名师导读

❶ 法院里常有正义女神忒弥斯的雕像，象征着法律和正义的忒弥斯左手拿天秤，用来称量对质双方的证词。因此可推测"法院的左手"在此处喻指影响法院判案公平的人。

这种做法不仅可耻可恶，而且还会给当地带来不良影响。这些人会延续他们无赖的生活方式，继续每日游手好闲、寻衅滋事〔指结伙斗殴的，追逐、拦截他人的，强拿硬要或者任意损毁、占用公私财物的行为。衅：xìn〕的行为；而且他们很快就会产生厌倦之情，于是便捎不实的消息回国，以破坏殖民地的名声。事实上，首批送到殖民地的居民应该是园丁、农民、工人、铁匠、木匠、渔夫、猎手，以及一些药剂师、医生、厨师和面包师等。

刚来到一处殖民地时，首先要考察当地盛产的天然食物，像是樱桃或野蜂蜜等，并将这些食物充分加以利用；其次要考虑那些生长速度快、周期短的作物，诸如胡萝卜、玉米之类。种植小麦、大麦和燕麦太费工夫，所以可以先种些豌豆或大豆，这些豆类颇省工夫，且既可做主食又可做配餐。说到主食，稻米的产量可观，是一种不错的种植选择。不过最关键的，前往殖民地时需要带足饼干、燕麦片、面粉及杂粮粉之类的食物，以便在收获之前赖以果腹〔吃饱肚子。〕。除此之外，还需带上一些禽畜，最好是那些繁殖周期短又不易生病的，如猪、山羊、鸡等。在食物消耗方面，可以把殖民地看作是围城，按照定量配给，同时将大部分菜园和玉米地收作公有，按比例进行分配，

MINGSHI DAODU
名师导读

❶ 殖民者只想迅速生财便在弗吉尼亚广种烟草，致使该地土壤贫瘠，居民的生活无以为继，最后只能移民。援引此事例，与前文论点遥相呼应。

❷《新约·马太福音》第3—4章中曾描述，耶稣被圣灵引到旷野受魔鬼的试探，但是耶稣却意志坚定不移。此处用来借指对殖民地的管理之关键在于使移民者能乐于在此安家。

可留些零星土地供私人耕种。

关于殖民地的土壤适合种植什么样的经济作物也值得考虑，力求在一定程度上减轻殖民地的经济负担，但不可如前文所述急功近利，因为那反而会造成损害，在弗吉尼亚种植烟草就是最大的教训。❶殖民地往往分布着丰富的林木资源，因此可以将木材作为一种经济作物。若是在林木资源丰富的地方恰有铁矿和为建造工厂提供便利的河流，那么发展炼铁也不错。在气候适宜的情况下，应该尝试晾晒并生产海盐，或是种植木棉，两者都大有前途；松衫繁盛之处必然不乏树脂和焦油，药材和月桂也有一定的经济价值，白蜡树和其他物产同样能作为备选。然而不能在地矿挖掘方面太下功夫，毕竟能出矿产的地方很少，甚至探察矿产的工作往往还会使移民者懒于其他劳作。

殖民地的管理，最好的模式应该是由一人主管、多人协助，必要时让殖民地政府实行一定的军事管制。关键是要让移民者体会到生活在旷野的种种好处，让他们时刻感受到上帝的指引与恩惠。❷管理过程中，切不可过分依赖本国顾问或特许承包人，此类管理者人数不宜过多，而且应由贵族而非商贾担任，因为商人总是以眼前利益优先。在殖民地真正稳定发展之前，最好不要对其征收关税，而且若非为了防微杜渐〔比喻在坏事情、坏思想萌芽的时候就加以制止，不让它发展。〕，就应该把殖民地的商品出口到世界上任何一个有利可图的地方去。杜绝将人口源源不断地送到殖民地的行为，人满即为患，应按人口损失的程度来按比补充，最好做到在殖民地人人刚好能安居乐业的程度，切勿使人口膨胀从而造成生活贫困。

滨海河岸地带的沼泽地不是建造殖民地的好选择，因为那里的环境会对居民的健康造成危害。虽然初期考虑到交通运输便利，建在此处未尝不可，但长远来看，还是选择离河岸较远的高地更为适宜。从居民健康角度出发，储备食盐是必须的，因为食盐能用来腌制食物。如果选择在土著居民区建殖民地，不要用糖衣炮弹来取悦他们，而应在必要的防范之下友好公平地对待他们。为了讨好土著居民而主动帮助他们攻击仇敌的做法并不可取，倒是可以在抵御外敌入侵时助他们一臂之力。

应当不时把一些殖民地的土著居民接到本国去，让他们感受到本国的优渥富饶，以便其回到殖民地后帮助宣传。殖民地得到巩固之后，可以不再只接受男性，还可以接受女性移民，届时男女繁衍生息，就不需要本国输送人口了。将已经起步发展的殖民地弃之不顾是世间最伤天害理的事，如此做法不仅对本国来说是可耻之事，更是断送了许多无辜移民者的生命。

名师赏析 MINGSHI SHANGXI

水能载舟，亦能覆舟，无论是党派、殖民者还是民众，都须有一定之规矩，须得司法约束。有党派就势必有争斗。君主不能在党派之间有所偏向，也不能让党派势力牵着鼻子走。归根结底，君为臣纲，党派也应该在君主的管理下运作。法是治国之本，因此法官的重要性不言而喻。如果法官不能依法公正地判案，那世间还有什么正义可言？无论是对诉讼双方、控辩律师还是对司法官吏和君主国家，法官都应恪守本分、不敢僭越。至于殖民地的治理，还应从多方面考虑周全，文中论述详尽有理。

好词好句 HAOCI HAOJU

不温不火　短兵相接　刚正不阿　牵强附会　水涨船高　贻人口实

两面三刀　指点迷津　果腹　防微杜渐

法官还应牢记，所罗门的宝座两旁由雄狮护卫，自己应是雄狮，但必须是臣服在王权宝座下的雄狮，切不可阻挠甚至违抗君权。

延伸思考 YANSHEN SIKAO

1.《论党派》中说“位高权重者应该保持不偏不倚的立场”，你是怎么理解这句话的？能找出例子来论证吗？

2. 司法对一个国家的重要性不言而喻，你对司法程序有多少了解呢？

3. 综观历史上的各个殖民地，你有没有发现《论殖民地》中哪些说得十分在理？

十六、治国之道

论国家之真正强大

一次宴会上，雅典人特米斯托克力被邀弹钢琴，他回答道："我不会弹琴，但我却能将小城镇变成大城邦。"特米斯托克力此言未免有些伐功矜能〔伐功矜能，指吹嘘自己的功劳和才能。形容居高自大，恃才傲物。〕，但却被认为是睿智之言并广泛应用于他人。仔细想来，此话借隐喻含蓄地指出了政府官员的两种能力。政府官员中少数能将小城变为大邦的人都不通琴艺，而大批擅长弹琴者却都不具备把小城变成大邦的能力，反倒有把繁盛之国引向衰败的能耐。现实中，不少官员讨得君主宠爱、赢得百姓景仰，单单靠的就是自己"弹琴"的本领。不过，这种上不了台面的小伎俩最多只能讨他们一时欢心，对其所效忠的国家来说没有半分益处。还有些官员勉强算称职，他们尚可处理国事，不至于令国家罹患〔罹患，遭受不幸。罹：lí〕危难，但是其能力却远不足以使国力富强。〔以特米斯托克力的回答引出对官员素质的论述，徒有其表的"琴艺"和真才实干的"使城邦变大"两种素质形成鲜明对比。〕

官员的素质如何就说到这里，下面说说国事本身、什么是国家的真正强大以及达到强盛的手段。这些方面值得英明君主多加考虑，一来可避免君主妄自尊大而迷失自我，二来可防止君主妄自菲薄〔形容过分看轻自己，自轻自贱。〕而畏缩不前。

在有关国家的事务中，疆土面积可量，财政收入可计，人口数量可查，唯独国家力量难测且易出差错。耶稣并没有将天国比作硕大的果核，反而是将其比作芥菜籽，芥菜籽虽小，却可以快速生长蔓延。〔《新约·马太福音》第 13 章第 31—32 节中写道：“天国好像一粒芥菜种，有人拿去种在田里。这原是百种里最小的，等到长起来，却比各种菜都大，且成了树。”〕与之类似，有些国家领土广袤，却已不再适合进行土地扩张；而有些国家虽仅有方寸之地，却可以凭此变大变强。

如果一国之民缺乏骁勇善战的气魄，那么坚固城墙、武器弹药、战马战车以及巨象重炮之类的攻防力量就只是披着狮皮的羊〔与《伊索寓言》中的“披着羊皮的狼”恰有相反之义。〕；同时，如果一国士兵都畏缩怯弱、气势低迷，那军队数量再大也无济于事，这种情形正应了维吉尔的那句话：“狼从不会在乎与自己对战的羊有多少。”〔此比喻生动传神地写出了士气的重要性。〕

当年在埃尔比勒平原上，波斯军队如海潮般涌来，亚历山大军队的将领不由得惶恐起来，于是他们向亚历山大进言，希望君主下令进行夜间偷袭，不料却遭到反对；亚历山大说自己不愿偷取胜利，最终仍能轻轻松松地将波斯人击得溃不成军。亚美尼亚国王提格拉尼斯曾率四十万大军驻守在一个小山头，而后他发现敌方罗马军队出兵不到一万四千人，便取笑道：“这国家派使团出访时人倒还算多，怎么与别国兵戈相见却没什么人了？”然而未等夕阳西至，罗马军队就把亚美尼亚军打了个落花流水。〔连用两个历史故事，举例充分恰当，可见士气强盛的“狼”也大可不把士气低迷的“羊”放在眼里。〕如此这般以寡敌众，凭借士气大获全胜的事例比比皆是。由此便能断言，骁勇的民族气魄才是一个国家真正强大的关键所在。相对而言，若认为战争力量依仗于金钱就未免肤浅了些，倘若一个民族失去血性，士兵无力征战，难道仅靠金钱就能扭转局势、打败敌军吗？克罗伊斯〔小亚细亚古国吕底亚最后一代国王，以财富甚多闻名。〕曾向梭伦〔梭伦四处游历，曾到过小亚细亚。〕炫耀自己的金子，梭伦却说道："陛下，若是有人来犯，并且那人的钢铁比您的坚固时，这些金子可就得易主了。"由此观之，除非本国将士个个都有勇有谋且不畏强敌，不然任哪一代君主或是哪一个国家也不敢高估其国力。反之，如果臣民具备英勇作战的气概，并且没什么其他缺陷，君主也不可低估自己的实力。关于花钱雇佣国外的军队，虽说此法可做补救，但已有无数前车之鉴表明，凭借雇佣兵的力量只能兴盛一时，君主威风扫地、国家力量衰落都只是早晚的事。

正如不能将犹大和以萨迦的福分做简单加法，一个国家或民族也不能兼备威武之狮和负重之驴的特性。〔《旧约·创世纪》第49章中描述，以色列祖先雅各临终前预言自己12个儿子的命运，说犹大将为狮子，以萨迦将为驴。〕由此可知，一个背负着苛捐杂税的民族是无法骁勇善战的。事实上，经国民同意征收的税负不会对士气造成太大的负面影响，荷兰的国内货物税便是最好的明证，英国的王室特别税在一定程度上也可说明此理。❶现在讨论的重点在于民心而非财富，可见等量的赋税虽出自同一个钱包，但由于存在自愿缴纳和强迫征收的两种不同方式，决定了赋税对民心截然相反的影响。由此看来，国家的民众不可承担过重的赋税。

国家要想图强，就必须抑制贵族士绅势力的增长速度，一旦其增长过快，便会有更多的平民沦落成他们的奴仆，平民阶层便会逐渐萎靡消沉下去。就好像是在林中种植培育幼树，如果将优势木种的树苗种植过密，中间木种和劣势木种就失去了生存空间，最终只能长成杂乱无章的灌木丛。所以如果一国的贵族士绅阶层庞大，平民阶层则更显卑微低下；而这往往会造成百者中

难出一个可戴军盔的人，更遑论能充当军队主力的优等兵了。❷

这种人口多而军力弱的比较可见于英法两国之间。无论是领土面积还是人口数量，英国都不及法国，英国之所以能成为法国的强劲对手，就是因为英国的中产阶级都是潜在的优秀士兵，而法国的佃户农夫却不具备这种素质。英王亨利七世在这方面的深谋远虑和高瞻远瞩〔比喻眼光远大。〕实在令人称赞（笔者在拙作《英王亨利七世传》中对此有详尽的论述）。亨利七世规定要为佃户和牧民保留一定比例的田地，为他们营造了非奴隶的环境，不仅雇农能犁地，普通农户也有田可耕，农户的生活因而逐渐富裕起来。结果果真达到了维吉尔所描述的古代意大利的盛况：国家兵力壮大，土地富饶肥沃。

有一个阶层几乎是英国独有，或许波兰也有，除此之外，其他地方都没出现过的，即贵族士绅家族中那些具有自由民身份的随从侍者。他们在行军打仗方面的能力丝毫不弱于自耕农士兵。由此看来，贵族士绅们阔绰大方地招揽大批随从侍卫的同时，还能有助于增强国家武力；反之，贵族们封闭节制的生活则会使军力紧缺。

尼布甲尼撒王那棵王国之树的树干无论如何也得撑起其枝叶，这正意味着，一国之中本国民

MINGSHI DAODU

名师导读

❶ 在反抗西班牙专制统治时，荷兰（尼德兰联省）共和国征收的税主要用于国家和军事开支，一心求独立的国民自无异议。英国王室税则是当时议会代征收以供王室开支。

❷ 此段以植树为喻，论证贵族过于兴盛的坏处，比喻精妙，论证恰到好处。

MINGSHI DAODU
名师导读

❶ 以斯巴达和罗马两个国家为例，分别从正反两面论述了对待异族的态度直接影响国民的规模数量，进而影响国家的发展。

❷ 人口稀少的西班牙之所以强盛也是建立在包容异族的基础之上，这又是对论点的补充论证。

众应当与异族臣民数量相当。〔《旧约·但以理书》第 4 章中描述，古巴比伦国王尼布甲尼撒王曾梦见有一棵叶子华美、果子甚多的参天大树，忽有一守望圣者从天而降要将这树砍伐。四大先知之一的但以理曾服侍于尼布甲尼撒，为其解梦说为亡国之兆。此处借用王国之树作比，以枝叶喻臣民。〕易发展成强大帝国的国家往往对异族臣民的归顺持开明态度，这并不难理解，纵然一个国家凭借智勇之谋收获了广袤的土地，然而一个小小的民族又能在历史的长河中逗留几时？只怕不多久便会分崩离析、不复存在了。斯巴达人排斥异族，所以即便他们在守卫国土时可以做到固若金汤〔形容工事无比坚固。〕，可若是要对外扩张，他们的王国之树便会因难承其重而轰然倒下。与斯巴达恰恰相反的是罗马，罗马在接纳异族方面态度尤为开明，因而一度成为世界上最强大的国家。在罗马，外族人可以拥有罗马国籍（即公民权），除了具备贸易权、通婚权和继承权外，他们还被赋予了选举权和被选举权，并且这些权利不仅面向个人，更面向整个家族、整座城市，甚至面向整个民族。罗马人还热衷于殖民活动，在异国的土地上撒下本国的籽苗，从而使不同的民风习俗融合在一起。由此说来，并不是罗马在向世界扩张，而是整个世界在向罗马围拢，这正是罗马的强国

之道。〔一语道破罗马强盛之由，可见作者洞若观火。〕❶

但西班牙的情况有时令人大跌眼镜：西班牙人口稀少，却稳坐广阔的疆土。究其原因，大概有以下三条：一来西班牙的疆土本就是一根巨大无比的枝干，如此便比斯巴达和罗马的基础要好；二来西班牙虽然不接受异族入籍，但他们在招募士兵时却对本族和外族民众一视同仁，异族人担任高级将领也不无可能；三则是西班牙自己能够意识到本国民众甚寡的情况，这点可从其国王颁布的诏书中看出。❷

不管是需要潜心久坐完成的技术活，还是只需动手无须动用臂力的精密活，这两者无疑都与军人的品性和精神大相径庭。通常说来，尚武好战的民族在生活中都有几分懒散，他们大都爱冒险而不喜劳作；不过分改变他们这种习性，才能保持其战斗精神与活力。像古时的斯巴达、雅典和罗马等国家，都会雇佣奴隶来为民众分担那些费时费力的活计，这种做法不无好处。后来奴隶制根据基督教的戒律被废除了，便又出现了一种与奴隶制相似的做法，即找异族人来代替奴隶完成上述中的劳作（异族人也因此在移居国有了更大的生存空间），而让本国民众专司于三职：一是耕种土地的农夫，二是自由民身份的仆从，三则如铁匠、木匠和瓦匠等匠人（此处不包括军人）。

论及使国家真正强大的关键，还在于将军事上的追求和行动视为最高荣耀、最高目标和最佳职业。〔转入对军事行动的论述。〕前文中谈论的不过是军事能力，但倘若缺乏目标和行动，还谈什么能力呢？据罗马的民间传闻，罗穆卢斯在升天后给罗马人民留下一道旨意，告诫子民务必致力于军事行动，以谋求世界强国的地位。虽说斯巴达国家的组织结构算不上高明，但却是倾力为军事而建。波斯和马其顿也曾凭借军事行动建立起辉煌的帝国。高卢人、日耳曼人、哥特人、撒克逊人、诺曼人及其他民族也都有过同等辉煌。土耳其国势渐衰，但至今仍是辉煌的奥斯曼帝国；且在如今的欧洲基督教国家中，只有西班牙可与之匹敌。〔罗列一系列的强国，而它们无一不是尚武的国家，可见对军事行动的重视确实是国家强盛的关键。〕一旦专注于某事，便有最大的可能成功，这一点不言自明；要说明的是，如果不能斩钉截铁〔形容说话或行动坚决果断，毫不犹豫。〕地崇尚武力，国家怎会尝到强盛是何滋味？任何国家，只要能像罗马和土耳其一样，坚持不懈地进行军事行动，就能够创造奇迹。在某一时期宣扬尚武的国家不只是强大一时，即便在其军事行动减少后，国威仍能在相当长的时间里起到保护作用。

人类天生都有一种正义感，而战争会带来无穷的灾难，因此若没有什么正当理由，民众是不愿参战的。国家要想进行军事行动，就得有拿得出手的理由——有关法律或惯例。土耳其人就经常以宣扬自己的法律和宗教作为理由（这种借口屡试不爽）来发动对外扩张的战争。拓展帝国版图是罗马将帅们的荣勋，但这一点却不是罗马人穷兵黩武〔随意使用武力，不断发动侵略战争。形容极其好战。黩：dú〕的唯一理由。如果想要以战争来强国，就应该做到以下两点：其一要对他国的无礼行为敏感起来，其对象可以是本国的边境居民，也可以是过境商人或外交使者，而且处理起来不可拖泥带水；其二要厉兵秣马〔磨好兵器，喂好马。形容准备战斗。秣：mò〕以便及时出兵援助盟国，罗马人当年便是如此，并且对于那些与多个国家结盟的盟友，罗马总是当仁不让地最先赶去援助，绝不让别国抢了这份功劳。古时还曾有以党派或政体的统一为由而发动的战争，但在笔者看来，这种战争没什么正义性可言。就像罗马人为解放希腊而发动的战争，斯巴达人和雅典人为了统一政体而展开的战争，还有一个国家以伸张正义或提供保护为由征战他国，推翻其统治，以解救其受压迫的臣民等等。❶但无论如何，若想使国家真正强大，就应该时刻警觉以谋兴兵的时机。

政体与人体一样，不运动锻炼就难以保持康健。对于一个国家而言，真正的锻炼莫过于为正义和光荣而战。如果说国内战乱是生病发烧，那国外战争则更像运动发热，对身体大有益处，因为民众一旦沉溺于安宁盛世，往往会不求上进，堕落腐败。战争对百姓福祉的影响暂且不提，其对国家的强盛确实大有裨益。建立一支常备军固然会对国家财政造成负担，但却能赢得强国之名或是号令之力。西班牙的情况正是如此，大概在一百二十年前，它就在欧洲各地驻扎了精兵强将。〔结合上文，可见西班牙强盛之由是多方面的。〕

海上霸权往往是强国的一大标志。西塞罗曾在信中谈及庞培对付恺撒的手段：“庞培采取的计划显然是特米斯托克力式的，这种‘谁掌握了海上霸权，谁就掌握了一切’的看法正是其思想精髓所在。”不可否认，要不是最后庞培因过于自负而弃船登岸，历史极有可能会被改写。❷ 世人皆知海战意义的重大。亚克兴一役决定了罗马帝国在世界的霸主地位，勒班陀海战则抑制了土耳其的对外扩张；君主和国家历来重视海战，凭海战角逐地位的事例也不一而足。毫无疑问的是，一国拥有海上霸权便把握了战争的主动权，也享有更大的战争自由；反观陆地上的霸权强国则颇

MINGSHI DAODU

名师导读

❶“解放希腊”的战争指的是第二次马其顿战争，“统一政体”的战争指的是伯罗奔尼撒战争。

❷ 在法萨罗战役中，占有人数优势以及海上霸权的庞培由于指挥不当，没有充分发挥自己的优势，反而在陆地战场遭遇强势的恺撒，最终战败。

有骑虎难下〔比喻做一件事情进行下去有困难，但情况又不允许中途停止，陷于进退两难的境地。〕之势。当今的欧洲在海上有极大的优势（这种优势给大不列颠带来了得天独厚的发展条件），原因有二：其一，欧洲国家多为临海国而非内陆国；其二，东西印度似乎都在为海上霸主提供财富支持。古代战争往往会给将士们带来极大的荣耀与功勋，现代战争与之相比未免相形见绌〔和同类的事物相比较，显出不足。〕。如今虽设有骑士称号和勋章以鼓舞士气，但授予时对军人和非军人却不加区分，这一做法并不可取。除此之外，荣誉纪念册和伤残军人医院等也是这样。然而在古代，战胜之地会建起纪念碑，殉难烈士会被献以颂词和纪念碑，英勇将士会被奖励花环或花冠；有大元帅的称号，有凯旋的盛典，有遣散时的犒赏。凡此种种皆能振奋士气，而其中效果最佳的当属罗马的凯旋仪式。该仪式并非炫耀之举，而是智慧且崇高的惯例，这其中包含三项内容：一是以荣耀赐予将领，二是将战利品收归国库，三是将犒赏分给士兵。不过，可能到了君主国，这种仪式就不大适用了，除非带领军队凯旋的是君主本人或其子嗣；正像是罗马在进入帝国时代以后，只有皇帝或王子带兵打了胜仗，才会举行凯旋仪式，臣民取得了胜利，则只能得到凯旋服饰作为奖赏。

《圣经》中说，人不会因为烦忧而长高。但对国家而言，君主和政府有些远虑却可让国家壮大强盛。〔意在说明使国家真正强大还需依赖君主和政府的能力。〕仔细琢磨前文中所论及的策略、规则和惯例，不难发现，只要君主或政府能在这些方面有所建树，便可为子孙后代播种强大的种子。然而由于这些人常抱有听天由命的心态，这等大事便鲜少有人关注了。

名师赏析 MINGSHI SHANGXI

要想使国家真正强大，须着眼于方方面面：官员素质要高、国民气魄要强、能包容外族、阶级势力均衡、兵力强盛等，其中最为关键的当属积极进行军事活动。每个方面之下又有许多具体细节需注意，作者都一一详尽叙述到位，可见其见解深刻。

好词好句 HAOCI HAOJU

伐功矜能　罹患　妄自菲薄　高瞻远瞩　固若金汤　斩钉截铁

穷兵黩武　厉兵秣马　相形见绌

延伸思考 YANSHEN SIKAO

放于今日，你觉得《论国家之真正强大》一文中有哪些治国之理适用于我国的发展？

十七、得趣之处

论建房

建造房子并不是为了观赏，而是为了居住，所以应该先追求实用性，再讲究美观度；当然，若是实用与美观能兼备则更好。如果只追求美观性，不妨把房子交给诗人来设计，毕竟他们可是不用花钱就能造出瑰丽魔宫的人呢。〔诗人溢美的诗篇只可纸上谈兵而不可付诸实际。〕如果是将漂亮的房子建造在空气质量不佳或是空气流通不好的地带，那将无异于把自己关进牢笼。正如世间很多漂亮的房屋建于盆地之高处，周围有山峦环绕，太阳的热量不易从盆地外散，风也聚在盆地之底，居住其中者往往会有乍寒乍暖之感，好像一时身处不同之地。除了要注意空气问题，建房时还应考虑交通和购物方面，即交通不便、购物困难的地方也不要选。当然，如果去请教摩莫斯的话，就会知道邻居不善的地方也不适宜建房子。〔摩莫斯，希腊神话中的嘲弄和非难指责之神，以挑剔众神和凡人的毛病为乐，据说因挑不出美神阿弗洛狄忒的毛病而被活活气死。宙斯与普罗米修斯与雅典娜创造万物时，宙斯创造了牛，普罗米修斯创造了人，雅典娜创造了房子。三神选举摩莫斯来评判他们的创造物，摩莫斯嫉妒他们的杰作，便挨个嘲讽了一番，其中说到雅典娜应该把房屋装上轮子，若有坏人做邻居，便很容易搬迁。〕其实还有很多不宜的条件，如雨水匮乏，林木稀疏；土壤贫瘠，土质不纯；视野不好，地势不平；不能供人打猎消遣，放鹰跑马。与海的距离太近太远都不好，太近易遭洪水之灾，太远则又使水上通航不便；与大城市的距离也要考量，太远了办事不便，太近了物价又高；若是要购置大片的土地，还要考虑在哪里才能合规；凡此种种，不再一一赘述〔说些不必要的细节。〕。以上所有的不利条件不会集中在一处，但选购土地时还是应该对多种情况都有所考虑，才能做出更好的选择。如果有多处房产，也应该按照上述的方法进行安排，以一处之长去补另一处之短。在参观卢库鲁斯的一处住宅时，庞培见其门廊高大壮观，房间宽敞明亮，便发问："这倒是夏日消暑的极好之处，可你冬天怎么熬呢？"卢库鲁斯机智地反问："小鸟都知道挪窝儿以避寒冬，你是觉得我还不如那鸟儿聪明？"〔卢库鲁斯是古罗马统帅、执政官，是连续多次以少胜多的常胜将军，曾任苏拉的部下。在被迫将兵权交给庞培后，卢库鲁斯便退出政坛，之后用战争中掠夺的财富修建大量奢靡的住宅。〕

西塞罗曾著有三卷《论演说艺术》和一本《演说家》，前者论的是演说艺术的规律，后者谈的是演说艺术的实践；而笔者正想运用西塞罗谈演讲艺术的这种方法来谈建房，即从建房的选址谈到房屋本身。〔西塞罗先讲演讲艺术，再说演讲家，即从理论到主体；培根从建房选址说到房屋本身，也同此理。〕故而接下来我将描绘出一座富丽堂皇〔形容房屋宏伟豪华。〕的宅邸，以做简要的模板。毕竟在如今的欧洲，连像梵蒂冈宫和埃斯科里亚尔修道院那样壮观的建筑都缺少一间像模像样的房间。〔梵蒂冈宫内有礼拜堂、大厅、宫室等，是世界天主教的中枢。埃斯科里亚尔修道院，为修道院、宫殿、陵墓、教堂、图书馆、慈善堂、神学院、学校八位一体的庞大建筑群，气势磅礴，雄伟壮观，并珍藏有欧洲各艺术大师的名作，有"世界第八大奇迹"之称。〕

首先，一座好的宅邸要有合理的布局。宅子应分为两个分隔的区域，一部分做《以斯帖记》中所描述的设宴娱乐场所〔《旧约·以斯帖记》第1章第1—8节描述，波斯国王亚哈随鲁先在书珊城中款待权贵们一百八十日，后又在御园院中为众百姓摆设七日的筵席。〕，另一部分为日常起居的地方。而这两块区域不一定非得在侧厅，可以位于整幢楼的正面主楼两侧，由主楼将其连成一体；这样一来，便能在楼内分间不同的情况下，还能保证外墙的造型统一。在一侧的宴会厅楼上可以建个宽敞漂亮的大厅，供举行表演或庆典活动之用；大厅高约四十英尺，楼下应有供演员化妆和放置演出道具的房间。在另一侧的起居处所，应该得有一个客厅和一个祈祷室，这两处须整洁宽敞，并且所占空间适中；在更远的两头隔出两间雅致小厅，分别在夏天和冬天使用；这些厅室的正下方应该建有宽敞而整齐的地窖、几间专用的厨房、食品储藏室和配餐室等。至于居中的主楼，其每层高度以十八英尺为佳，还要比两边的侧楼都高出两层；楼顶应铺以雅观的铅板，四周围上带有雕像装饰的栏杆；房间应根据不同的用途进行分配；楼层之间采用旋梯，再配上铜色的雕木栏杆，旋梯通达的最后之地应该是漂亮的楼梯平台；不过一旦采用旋梯，便不好把仆人的餐厅放在下层的一个房间，否则你就得在吃完饭后再跟着仆人一起吃一顿，因为顺着旋梯，食物的香味便会一股脑儿地飘到楼上去了。以上就是笔者对房子正面部分的描绘，不过笔者还认为楼梯在第一段应该只有十六英尺，即底层房间的高度也应为十六英尺。[1]

穿过正面大楼应该能看到别致的庭院。庭院的三面是高度远低于正面建筑的房屋，庭院的四角要有美观的楼梯，楼梯连接外凸的角楼，并不通向前楼。角楼应与周围低矮的房屋成比例，故而也不能比前楼高。庭院的地面不用铺砖石，不然就会造成院子夏天太热，冬天太冷。应该只在四周和十字小径上铺上砖石，而在其他地方铺上草坪，草坪要勤于修剪，但不能剪得太短。紧靠宴会厅一边的侧楼可建为陈列室，布置须雅观大方，要有配图精美的彩绘玻璃窗和三五个依次排开的穹顶。而靠近住宅区那侧的侧楼，应该设有会客室、休息室以及几间客卧。这三面的低矮房子都应该是内外双层的，这样能单面采光，以便在上午和下午都有房间能避开阳光直射；为保证冬暖夏凉，还要设计出不同的房间以满足冬夏不同的需求。如果考虑到在城中临街建房，采用平窗可保证街面的整齐划一；如若不然，弧形凸窗则更好，它不仅适用，可以作为朋友聚谈的幽静空间；它还实用，可以阻挡阳光和穿堂风进入室内，避开了日晒风吹。但也不要处处使用凸窗，院子两边的侧楼里设四个便足矣。

再穿过庭院后，应该还有个院子；庭院为外院，而此院为内院。内院面积大小要与外院一般，地面高度应与外院相平，四周应有花园环绕。花园内设精美考究的拱形回廊，高度差不多与一层楼持平即可。朝向花园的楼房下层应该建成穴室或凉亭，以作消夏避暑之用；不过可能会有潮气，所以还得将洞口或窗户面向花园建并要高出地面。内院中央应该架有一座喷泉或一组精美的雕塑，地面的铺设应该沿袭〔按原来的办法做事。〕外院的方法。院内两侧的侧楼可充作专用客房，尽头可设有私人画廊；侧楼二层中要有一间医务室，以备主宾生病的不时之需，医务室还应与起居室、

MINGSHI DAODU

名师导读

❶ 对于房屋的描写，作者采用空间方位的顺序，由两侧写到主楼，由内部配置写到外部装饰，逻辑明晰，多而不乱。

候见室、会客厅及休息室等相连；侧楼一层和三层都要有一个宽敞的露台，露台由精美的柱廊撑起，用来观赏美景和呼吸新鲜空气，如果有条件的话，引几股清流从露台墙体流出，也实为一景。院内两边侧楼的左右楼角上，应该建两座考究的阁楼；阁楼中间架有瑰丽的穹顶，还有精美的地砖、工巧的墙上挂毯、水晶的玻璃窗户，以及各种应有尽有的精致装饰。❶

宅邸的模样便大致如此了，不过还有一些需要强调。进入前楼之前还要经过三个院子：一个庭院中要有四周加固围墙的绿草坪；另一个庭院与前一个大致相同，可以在围墙上点缀些小塔楼或是其他装饰；最后一个庭院则要与主楼相对，使正面建筑围成正方形，与前两个院子不同，这个庭院应该用雅致的阶梯式露台围成，露台以铅板铺成，里面则是不加拱饰的柱廊。最后一点是关于马厩〔养马的房舍。厩：jiù〕、洗衣房等事务性处所，应该建在稍远处，通过简易走廊与宅邸相连。

论园林

万能的上帝也是园林的创始者。❷

种花植树是人类最朴实无华的消遣，也是最

名师导读

❶ 以上三段采用移步易景的写作手法，让读者仿佛真的从大门进到后院，眼见所有描写之物。写景顺序明晰清楚，画面勾勒精细独到。

❷《旧约 · 创世纪》第 2 章第 8 节中写道：“耶和华神在东方的伊甸立了一个园子，把所造的人安置在那里。”该园子即为伊甸园，人类始祖的居所。

❸ 以种花植树之趣和园林艺术之美引出园林在建筑中的必要地位。

❹ 一年不同月份各有不同的花木可种植，详细地罗列出花木之名，可见作者见识渊博。

使人心旷神怡的乐趣。没有园林艺术与之相映成趣，那些画栋飞甍〔形容建筑物富丽堂皇。甍：méng〕也不过是庸俗的人造之物，缺少精妙的天然之趣。所以不难发现，在文明高雅之风气盛行的年代，人们总是在造出宫殿楼宇的同时，也修建精巧典雅的园林，似乎园林的存在才使得建筑臻于完美。❸

于笔者看来，皇家园林应该一年四季都有草绿花香；从十一月下半月到来年一月的冬季时段，园林不可显出冷清萧瑟之态，应该种植如冬青树、常春藤、月桂、杜松、香柏、紫杉、松树、冷杉、迷迭香、薰衣草、各色的长春花、留兰香、橘树、柠檬树；如果是在温室栽培，还可以种植桃金娘以及香墨角兰。到了一月末和二月份，正值花期的欧瑞香、黄色和灰白的番红花、报春花、银莲花、郁金香、风信子等就应该闪亮登场了。三月份应有紫罗兰（尤其是那种花期最早的单瓣紫罗兰）、黄水仙、雏菊、杏花、桃花、山茱萸和多瓣蔷薇。四月份则要有双瓣白香堇、桂竹香、康乃馨、野樱草、鸢尾花、各种百合、迷迭香、郁金香、重瓣牡丹、白水仙、法国忍冬、樱花、李花、抽叶的山楂、紫丁香。五六月份要有各种石竹，尤其是红石竹，以及出花期较晚的麝（shè）香玫瑰外的各色各样的玫瑰，还有忍冬、草莓、牛舌花、楼斗菜、万寿菊、金盏花、樱桃花、荼蘼（biāo）、无花果、覆盆子、葡萄花、薰衣草、白花林神草、碎花香草、铃兰、苹果树。七月份的则是各色各样的紫罗兰、麝香玫瑰、酸橙花、梨树、苹果树；八月份会出现各种硕果累累的李子树、梨树、杏树、黄花浆果、榛果、香瓜、各种颜色僧冠花；九月份要有葡萄、苹果、黄桃、蜜桃、山茱萸、冬梨、榅桲（wēn po）；十月份和十一月初还要有花楸果、欧楂果、野李子、冬青，因嫁接或移植而花期推迟的玫瑰等。以上这些花果树木的栽培仅是就伦敦的气候而言的，对于不同的地区，就得因地制宜〔根据各地的具体情况，制定适宜的办法。〕，如此便可拥有一个四季如春的园林。❹

比起拿在手里的人工制香，空气中飘动着的花香更为怡人，可以带给人如音乐流动荡漾般的美好感受。〔生动的比喻，花香似乎透过纸张扑面而来。〕要保持这种沁人心脾之感，知晓哪些花木能芳香馥郁〔形容香气很浓。馥郁：fù yù〕溢满园最为关键。大马士革的大红玫瑰的幽香含而不露，从旁经过很难捕捉其香气，清晨挂着露水时也是这样；处于生长期的月桂将其香暗藏；迷迭香和墨角兰的香气也清淡。而香味最浓郁的便要数香堇，白色重瓣香堇尤甚，此花有两次花期，一个在四月中旬，一个在圣巴托罗缪节〔每年的8月25日。〕前后；麝香玫瑰也不甘落后，香气位列第二；其次就是即将凋落的草莓叶和初绽呈穗状的葡萄花，气味也非常怡人；接着是多瓣蔷薇和桂竹香，摆在客厅或是楼下卧室的窗户外，就能为人们带来阵阵清香；然后就是各种石竹，丛生石竹和麝香石竹香味尤其浓郁；还有欧椴花；最后便是忍冬，闻其香时应该稍稍远离它。豆花不具有观赏价值，便不再赘述。不过还有三种花值得一说，是小地榆、百里香和水薄荷，它们的香气不是靠闻出来的，而是将其踩碎后才有芳香扑鼻；如果在园中小径中种上这三种花，享受着踏香且寻香的乐趣，岂不美哉？❶

说到皇家园林本身的构造，其面积不应少于三十英亩，并且应该分为三部分：入口是一片草坪，尽头是一片旷野，位于中间的则是园林的主体和两旁的小径。〔开始介绍园林具体布局。〕草坪以四英亩大小为宜，旷野则要占地六英亩，中间正园为十二亩，正园两侧还要有两个各占四英亩地的辅园。草坪除了要种植茵茵绿草供人观赏，还须铺设小径通往环绕着正园的大篱墙。小径往往狭长，炎炎烈日时经此入园多有不便，所以有必要在草坪两侧各修建木制走廊，廊道高十二英尺，入正园时，行者便可乘此阴凉。还可在朝向花园一侧的房屋窗下用彩色泥土摆出各种图案，不过这都是雕虫小技，跟做苹果馅饼的方法异曲同工。正园最好是四四方方的，四周以拱墙相围，以木柱撑起拱洞，拱洞高约十英尺，宽六英尺，相邻拱洞之间的距离也应为六英尺；篱墙应比拱洞高四英尺，由木架筑起，在拱门之上应可看到完整的一圈；篱墙可以建在坡度不大的堤埂上，堤埂坡高约六英尺即可，坡上可栽满鲜花；拱洞上面还应各建一个小角楼，大小以能刚好放置一个鸟笼为最佳；拱洞之间要有一些装饰造型，表面可以贴上大片的圆形彩色玻璃，这些彩色玻璃在阳光照射下会更显绚烂绮丽。其实正园不应占地过满，得在两侧留出空间来修筑一些幽静小道，小道须与草坪两侧的走廊相通；正园内就不必再有带篱墙的小径，不然从拱洞往前看草坪时会受前面篱墙的妨碍，而后面的篱墙也会挡住观赏园后旷野的视线。

大篱墙内的园林布置倒是可以随性而为，但无论如何，笔者还是有几点想强调一下。即花草树木不可太密，也不要过分考究；最好不要将松柏或是其他树木修剪成动物之类的形象，那未免幼稚了些；大可把低矮的树篱修得圆圆的，再剪出些小金字塔，显得可爱又有趣；用一些木质架子固定在某些植物周围，使其长成漂亮的圆柱；园中的通行道应该是宽敞大方的，正园中的通道定不能被花草枝桠所遮掩，不过辅园中倒是可以有被遮得严实的幽径；最妙的是花园正中央有座美丽的小山，山前有三条上坡路，每条可并行四人，

MINGSHI DAODU

名师导读

❶ 作者对不同花的不同程度的芳香如数家珍，足见其学识之才和艺术气息兼备。

MINGSHI DAODU
名师导读

❶解释说明了正园为何不宜有太多树篱掩映的小径。

并且这三条小路应当是盘山路，两旁不要有任何妨碍视线的建筑物；高约三十英尺的小山之上应该建有一间别致雅观的宴会厅，宴会厅的玻璃窗不要安得太多，厅内要有整洁的壁炉。

园林中，建水塘会大煞风趣〔损伤美好的景致。〕，因其不整洁不卫生，还易滋生蚊虫；喷泉则实为一景，观其景则有心旷神怡之感。于我看来，泉可分为两类，一种是喷泉，一种则是涌泉。喷泉多采用入时的雕塑作为装饰，但却面临着排水这一关键问题，即怎样能使水不滞留在池底变污变浊，以及因此而导致的泉水偏绿泛红或池底生出苔藓；所以，每天的人工清污必不可少。另外，喷泉台下设几级台阶，周围地面铺砌一些地砖，以增强美感。涌泉一般是建在三四十见方的泉池中，池里不可养鱼，没有淤泥。涌泉形如“浴池”，这种造型本身便极具艺术感，并且可与更多精致的装饰相融洽；池底可以按照特殊精巧的图案来铺砌花砖，然后用璀璨亮眼如彩色玻璃之类的东西做点缀，再用低矮的雕栏将泉池四周围住。不过保持水的流动也是涌泉的关键问题，不妨采用以下方法：用精巧的喷头将源自高处的水引入泉池，再用同等规格的排水管排出，从而使泉水不会在池中久积；喷涌水的装置应该科学工巧，保证泉水喷涌得略有弧度而不是水满而溢，为了更具观赏性，水喷涌的形状可以是羽毛状、杯状或华盖状等。

至于园林尽头的那片旷野，应该尽可能地使其显出些天然模样；所以不要在那里种植高大的乔木，旷野中的植物应该以多瓣蔷薇和忍冬之类的灌木为主，可间或种植一些野藤。地上可以分散地播种一些香堇、林石草和欧洲樱草，这些花草不仅芳香沁人，并且也适合在这阴凉处生长。还可以堆出一些与野外鼹鼠丘类似的小土包，并在其中一些上面栽种造型优美的百里香、石竹和留兰香；在另一些上面栽种不名贵却芬芳娇美的花草，如长春花、香堇、九轮草、雏菊、红玫瑰、天香百合、红石竹、嚏根草等；还有些土丘上可以栽种独丛灌木，独丛灌木的品种可以是玫瑰、杜松、冬青、黄花浆果（花香过于浓郁，仅做点缀）、红醋栗、迷迭香、月桂及多瓣蔷薇等，要注意勤于修剪这些灌木，不可任其杂乱生长。

在正园两侧的辅园里，大可铺砌各种有树篱掩映的小径，如此还能得大片庇荫。有些小径可完全处在树篱荫蔽下，从而不受阳光照射；有些小径还能搭建成避风所，大风天走在其中也像走在室内；遮阳的小径得在两端用树篱加固以驱挡大风，而避风的小径则要铺设沙砾，定期除草以免其露水打湿鞋袜。小径两边的狭长花坛里可以栽种一些果树，攀缘墙壁或是自成行列都可以。不过要注意的是，栽种果树的花坛应该要宽阔、低矮，不能有太陡的坡面，中间也可有些奇花异草，稀稀朗朗，仅做点缀即可。辅园的尽头应各有一座小山；人站于小山上时胸部能高过篱墙即可，如此周围风光便能一览无余。

正园中亦可有一些两旁栽种果树的小径，以及栽有果树并修筑凉亭的山丘，不过一定要保证安置得井井有条，使正园里的布局排列恰当且不拥挤，空气流通无阻。其实，若想盛夏时节乘凉，就该到辅园的幽径去散步；热天的清晨或傍晚才适合去正园游玩，毕竟正园的设计只是为了满足温和季节的观赏需求。❶

在花园里设鸟场确实是件麻烦事。养鸟场得足够大，才能在其中铺设草坪、种植花木，从而为鸟儿营造自然又宽敞的栖息和活动场所；此外，还得清理其中的鸟粪污垢等等。

以上便是笔者对皇家花园的大概设想，其中有些是规划，有些是描绘，因此它并非一个完整的模型，只是一个大概的构想。这里我没有提及费用问题，毕竟对贵族而言，这并不算大问题；他们也只是照着工匠的意思七拼八凑，有时还会置办雕塑附庸风雅，花费绝不会低，不过这些跟园林带来的乐趣相比也就不算什么了。

名师赏析 MINGSHI SHANGXI

建筑是流动的音乐。无论是房屋还是园林，构造布局都是一门高深的艺术。两篇文章中，从建房的选址说到房屋本身，从园林的花木说到园林本身，这种论述手法皆和作者所说的西塞罗论演讲的方式一样。讲房屋和园林本身的构造时，移步换景，给人以具体可感的空间方位介绍，一幅富丽的房屋和雅观的园林之景跃然纸上。

好词好句 HAOCI HAOJU

赘述　富丽堂皇　画栋飞甍　因地制宜　馥郁　大煞风趣　庇荫

延伸思考 YANSHEN SIKAO

《论建房》和《论园林》中主要介绍了建筑艺术方面的知识，对比生活中的建筑和园林，你能找到与其相同的地方吗?

十八、怡然之乐

论假面剧与比武会

与之前谈论的严肃话题不太一样，此篇所谈的不过是些娱乐消遣。〔假面剧，是16世纪和17世纪早期的宫廷娱乐形式，集音乐、舞蹈、唱歌和表演于一体，还包括布景、服装和舞台设计，通常由专业演员和音乐家来负责其中的说唱部分，此外还有诸多名人作家加入假面剧的创作。〕

其实，既然君主帝王们都对这种消闲解乏的方式偏爱有加，就不该大讲排场而挥霍浪费，不妨多加考究以使其雅观大方。载歌载舞是一种庄严正式又不乏欢欣畅快的形式，其中的乐声应该由合唱队来演奏（合唱队的位置应该在高处），加上分解音乐〔指一种流行于16世纪和17世纪的室内重奏。〕的伴奏，歌词曲调还得能与舞步节拍相适应。歌者在演唱时会随歌而动，对唱时的舞动则更加优美。这里说的是“舞动”而非“舞蹈”，要知道，如果歌唱时手舞足蹈就会显得低级庸俗。对唱时不可用最高音，低音和次中音比较好，如此才能保证声音的铿锵有力〔形容声音响亮而有劲。铿锵：kēng qiāng〕；对唱的歌词也不好过于细腻精巧，应该大气庄重。多个合唱队轮唱时，应该像唱圣歌一样进行分部轮唱，才能使人有酣畅而淋漓的感受。如果将舞蹈队形搞得过于花哨，则未免幼稚了些。有一点值得注意，本文所提及的这类表演都应该水到渠成〔比喻有条件之后，事情自然会成功，即功到自然成。〕而令人赏心悦目，不可矫揉造作〔比喻故意做作，不自然。〕而喧宾夺主〔比喻外来的或次要的事物占据了原有的或主要的事物的位置。〕。

场景的变换本就有丰富视觉享受，缓解久视疲劳，从而使人们身心愉悦的功效，倘若能在人们不知不觉中进行场景变换，效果则会更为显著。场景本身应该明亮，然后伴以丰富的色彩变化。表演结束前，演员应该在灯光打到的亮处摆出一些动作来，以吸引观众的注意，使之观察到之前没有看到的细节。表演时，歌声不该低微而沮丧，而应高亢而响亮；音乐也应该悠扬而激昂，伴有起伏和跌宕〔在此形容音调富有顿挫波折。〕。在灯光下白色、粉红色和海绿色的视觉效果最佳。金箔亮片之类的装饰品虽只是些不值钱的小玩意，却能为表演增添不少光彩；相比之下，华美绮丽的刺绣制品就显得黯然失色了不少。演员的服装要讲究典雅得当，即使是摘下面具也能显得大方得体，所以不要采用千篇一律的或是人们屡见不鲜的军装、水手装、土耳其装之类的装扮。幕间休息时的滑稽节目不应占用过长时间，表演的角色可以是小丑、侏儒、乡巴佬、愚人、黑人、野人、狒狒、萨提尔〔希腊神话中的形象，是一种看上去像山羊，性情活泼且爱好嬉戏的一种动物，曾在古代戏剧中出现过。〕、野兽、鬼怪、巫婆、仙女、小爱神和活动塑像等；不过不能让天使出现在这类滑稽节目里，就像正剧里不适合出现凶神恶煞〔原指凶恶的神。后用来形容非常凶恶的人。此处用的原义。煞：shà〕一样。幕间的过场音乐要富于变化，并且带有娱乐性；最好能带给观众“虽无雨滴飘落，却闻得阵阵清香”的美妙之感，这样台下紧张沸腾的人群便能有心旷神怡的体会。〔“紧张沸腾”和“心旷神怡”矛盾又巧妙地出现在一起，充分体现出好的幕间音乐给人带来的美妙体验。〕在进行假面剧节目时，如果能让绅士淑女们同台演出，内容就会更丰富多彩，场面也会空前庄重盛大。然而，若是不能保证演出场地的整洁，以上所有努力都会枉费。

说到马上斗矛和隔栅斗剑等比武会，挑战者们进入比武场时乘坐的战车就是比武会的壮观之景。由狮、熊、骆驼等奇兽拉着战车入场，或是入场式的排场无比风光，或是比武者的随从侍者衣着华美夺目，又或是挑战者的马具和铠甲闪亮无比，都能使场面更引人入胜。

论读书

读书可以消遣怡情，可以丰富文采，可以收获才识。〔首句开门见山，直接点明读书的三大作用。〕独处幽居最能消遣怡情，高谈雄辩最能丰富文采，而明辨是非最能收获才识。

有所长处之人能就事论事处理得当，但要论统筹全盘则需学识渊博之士。关于读书，耗时过多是因懒散，词句过饰则是造作，墨守成规则是学究之癖。完善天资须以广读为基，广读又须经验为辅；只因天资如草木肆生，需书中学识加以修葺〔指修理。葺：qì〕；读书如无涯之海，需人生经验划分界限。❶

观之读书，精明者鄙之，愚钝者慕之，唯明智者善之，此间差异并非书不示人以用途，而是因为书之用途在书之外，且超越书本身，须要观

MINGSHI DAODU

名师导读

❶ 连用两个比喻，生动形象地写出天资、广读、经验三者互为补充的关系。

MINGSHI DAODU
名师导读

❶ 一系列的排比论证，谈论了对待不同的书应该有不同的读书之道。

❷ 先言不同类别的学问对人气质造成的不同影响，再论述运动之于健康的功效，进而引出以学问之法可完善心智的欠缺这一结论。

❸ 开门见山地指出“旅行是青年教育的一部分”，这是文章的中心思想，接下来就围绕这一论点展开。

察得之。

读书时不可求全责备，亦不能尽信其言；读书不在于寻章摘句〔从书本中搜寻摘抄片段语句，在写作时套用。指写作时堆砌现成词句，缺乏创造性。〕，而在于权衡推敲。有些书可以不求甚解〔只求知道个大概，不求彻底了解。〕，只读部分章节；有些书可以囫囵吞枣，只需大致浏览；仅有少量书应该含英咀华〔比喻读书吸取其精华。〕，精读全篇并认真体会。综上所述，即有些书可以选读，有些可以泛读，仅少数需通读研悟。有些内容欠佳的书，请人代读或是请人做摘要即可，不过此法不适用于其他书，毕竟书之浓缩如水之蒸馏，会变得味如嚼蜡。❶

读书令人博学，研讨令人聪敏，写作令人谨严。故而如果一个人动笔很少，那他就要有超凡的记忆力才行；如果一个人不常讨论，那他就得天生有机智敏捷之才；而如果一个人读书不多，那他则必须有应变之能，方可不显无知。

历史教人智慧，诗歌教人灵秀，数学教人缜密，科学教人深邃，伦理学教人持重，逻辑修辞学教人巧言，正如古人所说：学问改变气质。不仅如此，凡精神上的不畅都可辅以相宜的学问，正如恰当的运动能治愈身体的疾病，像滚球于膀胱和肾脏有益，射箭于胸肺有益，散步可解肠胃不适，骑马可练大脑功效等。因此，如果一个人用心不专，就应让他修习数学，因为计算时稍有差池就得从头来过；如果一个人不能分辨异同，就应让他研读经院哲学，因为经院派学者皆是分析明辨的专家；如果一个人不善于推理总结，就应让他阅读律师的案卷。由此观之，心智上的各种欠缺都有妙方使之完整。❷

论旅行

旅行之于年轻人，是教育的一部分；旅行之于年长者，是经历的一部分。❸

尚未习得一国语言就去该国旅行，那是求学，而称不上旅行。所以年轻人若去异国旅行，最好有家庭教师或持重老仆的陪同，且这些人须通晓该国语言或是曾来过此地，如此便知道该国有何景值得观赏、有何处值得游览、有何人值得接触、有何运动值得尝试、有何学问值得研究。如若不然，年轻人此行便如雾里看花，虽然周游异国他乡却无甚收获。令人奇怪的是，旅行者游于海上，眼见不过天地间水天两景，却常常不吝笔墨；而游于陆上，放眼尽皆美景，却总是惜字如金，仿佛相比观察细致之景，偶得之景更适合记载似的。〔陆景常游，因此疏于频频记录；海景难遇，故而一朝得见必有记载。由此也推出，随手记录才能不错过用文字保存偶遇之景的机会。〕因此要养成随手记录的习惯。

异国旅行应观其宫廷，尤其是遇到君王接见各国使节的时候；应观其法庭，尤其是开庭审判案件的时候；应观其各教派举行的宗教会议；观其教堂、寺院及其他历史古迹；观其城墙壁垣和要塞堡垒；观其码头、港口、遗址废墟；观其图书馆、学校以及答辩和演讲（如果有幸得见）；观其船运及海军；

观其与都市邻近的建筑和游乐园；观其军械库、交易所、马术、兵训等；观其上流人士常流连的剧院；观其陈列着珠宝、衣物之类的珍奇室。总而言之，所至之处须有值得回味与纪念的价值，而关于这些，出行的年轻人可多向随行的家庭教师和仆人打听。至于庆祝盛典、假面舞会、华丽宴会、婚礼葬礼、死刑处决等场面，就不必过分关注，却也不能完全忽视。

年轻人去小国旅游，要想在不多的时日里收获广阔的见识，就应当做到以下几点：首先，正如上文所述，要让这个年轻人在动身之前习得该国语言；其次，还是之前提到的，要有熟悉该国的家庭教师或仆人陪同；再者，有必要带上若干有关该国的书籍，以便随时查阅并了解该国的情况；须养成记日记或随手记的习惯；不要让他在同一个城市逗留过长时日，游览城市的时间长短要根据每个城市的情况而定；在同一个城市游览，要不断更换住处，在不同区域多做停留，以便更深入地了解城市并结交更多的人；尽量减少与国内伙伴待在一起的时间，而是要多去能结交到当地朋友的地方；从一个地方旅行至另一个地方的时候，争取事先获得引荐，以便结识当地的上流人士，得以在想参观或了解的事情上获取帮助。如果能做到以上几点，这个年轻人必会在短期旅程中受益匪浅。

至于在旅行中结识朋友这件事，最应当结识的莫过于各国大使的秘书和随行人员，因为如此一来便可以达到在一个国家旅游却能了解到多国情况的效果。还应该去拜见所游之处名扬海外的人士，如此便可知道那些人是否名副其实。旅行中还应小心行事谨防冲突，须避免感情、酒席、抢位、言语等引起的纠纷，与脾性暴躁、易怒好斗的人结伴同行时更要注意，因为这类人最易引起争端。

出游回国后，也不要将旅行的国家抛诸脑后，应当与在该国结识的有价值的人保持书信往来。要让旅行的经历反映在言语间，而不是体现在衣着或举止上。与人谈及旅行细节，不可夸大其词，而应严谨措辞、谨慎回答。还应当注意，不可以异国经历影响本国习俗，而应将他国所学之精华融入其中。

名师赏析 MINGSHI SHANGXI

其实，假面剧、旅行和读书都算得上“消遣”。假面剧追求场面布局、表演音乐方面的和谐搭配，给人心旷神怡之感。旅行是通过游历异国他乡来开阔眼界、增长见识，在此过程中也不乏乐趣享受。读书则是精神世界的消遣，掌握正确的读书之道可以充实人文素养、补足精神上的欠缺，实为人生一大乐趣。培根此处教人“取乐之道”，叙述专业而考究，尤以读书一章多排比、对仗，行文优美流畅，富有哲理。

好词好句 HAOCI HAOJU

铿锵有力　水到渠成　矫揉造作　喧宾夺主　跌宕　凶神恶煞　修葺　不求甚解　含英咀华

历史教人智慧，诗歌教人灵秀，数学教人缜密，科学教人深邃，伦理学教人持重，逻辑修辞学教人巧言，正如古人所说：学问改变气质。

延伸思考 YANSHEN SIKAO

1. 读完《论假面剧与比武会》后，你对文中所述的这两项“消遣”有多少了解？
2. 《论读书》一文历来被人们称为经典，品读完一遍后你有什么收获？
3. 你喜欢旅行吗？在《论旅行》讲述的关于旅游的注意事项中，你已经体会过哪些？又有哪些是你才发现的呢？

十九、宗教之理

论宗教统一

宗教是人类社会赖以维系的重要纽带，因而若能真正维持宗教统一，那确实是一大幸事。异教徒中从未发生过宗教纷争和宗教分裂的恶行，只因他们的宗教看重的是典礼仪式，而非虔诚的信仰。他们的神甫和教士都是诗人，其宗教是何模样也就可想而知。真正的上帝是好妒的，他不容许信徒对自己的崇敬有半分混杂，更不能容忍与其他神共存。〔出自“上帝十诫”之一：吾乃上帝尔主，吾之外勿奉他主。“上帝十诫”是耶和华上帝向以色列人颁布的十条戒令。基督教认为“十诫”具有永恒的价值，是宗教生活和世俗生活的最高准则。〕故而我们要谈谈宗教的统一以及统一的结果、界限和手段。

除了取悦上帝这一关键结果外，宗教统一还有两种重要结果，一个对教外，一个对教内。

就教外来说，负面影响最严重的莫过于异教邪说和教派分裂。就好比于正常机体，四肢受伤总要比体液失衡更糟糕，精神上亦是同样道理，故宗教分裂会使教外之士望而却步，并使教内之人心灰意冷。因此每当有人说基督在教堂外，与此同时，又有人说在教堂内的时候，他们其实是一方在异端秘会上寻基督，另一方在教堂内找基督，这时总有声音在耳边告诫：“不要出去。”因受工作性质的影响，外邦人的导师格外担心教外人士，他说：“假使一个教外人进来，听到你们说的语言都各不相同，岂不认为你们都疯了吗？”〔外邦人的导师即圣保罗，他说的这句话出自其书信《哥林多前书》中关于教会秩序的章节。〕此话不无道理，若是无神论者和世俗之士听说宗教内有如此多矛盾与冲突，他们也定会对教会望而却步，甚至坐上嘲讽者的席位。一位讽刺大师将其虚构书目中的一本命名为《异教徒的摩尔舞》，只因异教诸派的丑态百出，对爱诋毁神祇〔泛指神明。祇：qí〕宗教的世俗之徒和腐败政客而言，这是最好的谈资。这只是此问题的一个小方面，却实实在在地揭露了宗教分裂的严重弊端。

于教内而言，宗教统一给他们带来了和平。和平包含着无限的祝福，可以树立信仰，孕育爱心，将教会外表的平和升华为教徒内心的平静，同时敦促〔以诚恳或迫切的态度催促或提请注意。〕人们停写并远离争辩之词，书撰并参悟修行之卷。

准确定位统一的界限至关重要。大概有这样两种极端：一种是狂热激进分子，他们对妥协言和的主张深恶痛绝，嘴里常说：“和平与否，耶户？——和平与否与你何干，退到我身后去吧！”〔耶户，以色列王国的第十一任君主。此对话出自《旧约·列王纪下》第9章。〕这些人只热衷于拉帮结派，对和平并不上心；与此相反，另一些为老底嘉派和性情温和的人，他们自诩能以中庸之道调和教派纷争，好像自己能在上帝与人类之间做出仲裁一样。这两种极端都不可取；想要避免陷入两者之一，就要清晰准确地领悟基督在教派盟约中写下的两句：“非友即敌”和“非敌即友”。也就是说，要把宗教中的根本信仰问题与那些见解、规则和意图等区分开来。在许多人看来，这件事似乎微不足道，并且已经得到解决。但如果教会能将此问题解决得更公正，就可能得到更多的拥护。

对此，我略谈一点建议。人们应该留意致使上帝的教会分裂的两种争议。一种争论始于无足轻重的矛盾，根本不值得大动干戈〔比喻大张声势地行事。〕。正如一位先贤所说："基督的外衣天衣无缝，教会的罩袍却五颜六色。"他又说："衣服可以色彩斑斓，但却不能出现裂痕。"由此可见，统一和同一是两码事。❶另一种争论则源于至关重要的论点，然而由于太过隐晦艰涩，难以理解，以至于显得机灵有余却不切实际。明辨是非之士有时会听到无知之徒的争执，他们深知这些人虽争论观点不一，然其本质都是一样的，只是无知者对此绝不承认罢了。世间众生见解各异，必然免不了出现如此情况，那我们是否可以推断：上帝洞察人心，知众人表面争论不休，实则殊途同归〔比喻采取不同的方法而得到相同的结果。〕，那会不会将对立双方的意见都采纳了呢？而圣保罗在对提摩太的训诫中就曾对这类争论的本质有过讲解："避免陷入空谈之境，拒绝卷入荒谬之争。"世人钟爱无事生非，并佐以言语粉饰。因此，本应是含义决定词语，如今却是词语决定含义了。

和平或是统一存在两种虚假形式。一种基于绝对的无知，就好像在黑暗中万物均一色，确也容易制造和平。另一种是在承认矛盾的基础上进行拼凑，在这样的和平中，真理和谬误就像尼布甲尼撒王梦中的雕塑上半泥半铁的脚；泥和铁可黏合在一起，却无法融为一体❷。

人们在选择统一的方式时，需要注意的是：谋求和巩固宗教统一，不可违背仁爱之道，不可破坏人类社会的法则。基督教徒执两把剑：信仰之剑和世俗之剑，两把剑在维护宗教时各司其职。万不可拿起第三把剑，即穆罕默德之剑。因为除非有公然诽谤教会、亵渎上帝或蓄意造反的行为出现，否则我们不应靠战争来传教，以血腥暴行迫害人心，更不可将刀剑授人，鼓动群众去颠覆代表上帝旨意的政府统治。这样做等于是用上帝的一块法版去撞击另一块〔神本人将“摩西十诫”（又称“十诫”“圣经十诫”）刻在两块法版上，送给摩西。一块法版写的训令是关于人爱神的，另一块则是关于神爱人的。〕，也等于是只知众人皆为基督徒，却忘了他们首先是人。

诗人卢克莱修看到阿伽门农献女祭神时，疾呼道：

“宗教竟教人作恶到如此地步！”❸

要是这位诗人知道了法国的大屠杀和英国的火药阴谋，不知他又会说些什么呢？怕是会更沉湎于享乐安逸，再也不相信神了吧。为了宗教纷争而使世俗之剑出鞘时要格外审慎，而将此剑交托于群众之手则更是荒谬可怖。这种事还是留给再洗礼派〔16世纪欧洲宗教改革时期新教中一些主张成人洗礼的激进派别的总称。该派否认婴儿洗礼的效力，主张能够行使自由意志的成人受洗才为有效，并因此得名。〕和狂热极端分子去干吧。

魔鬼说：“我要升天，与上帝同尊。”这是对神灵的亵渎〔冒犯，不恭敬。亵：xiè〕。但要是将上帝人格化，让他说：“我入地狱，为黑暗之王。”那便是更严重的亵渎。如果宗教沦落成谋害君王、残杀群众、颠覆国家的工具，又比亵渎之说好得了多少呢？这无疑是把象征圣灵的鸽子比作秃鹫〔大型猛禽。秃鹫：tū jiù〕或乌鸦，

MINGSHI DAODU

名师导读

❶ 语出《新约·约翰福音》第19章第23节。衣服的五颜六色并不是“同一”，但保持衣服的完整性确是在维护其“统一”，此理正适用于教会。

❷ 出自《旧约·但以理书》第2章第41节。但以理为尼布甲尼撒王解梦：“你既梦见雕像的脚，一半是泥，一半是铁，那国（指复兴的罗马帝国）将来也必分开；你既见铁与泥掺杂，那国也必半强半弱。你既见铁与泥掺杂，那国民也必与各种人掺杂，却不能彼此相洽，正如铁与泥不能融合一样。”

❸ 在特洛伊战争爆发前夕，由于阿伽门农杀死了本该献给狩猎女神阿尔忒弥斯的神鹿而得罪了这位女神，结果他的舰队被逆风困在了奥利斯港，为了获得这位女神的原谅，阿伽门农不得不将自己的女儿伊菲革涅亚作为祭品献给了阿尔忒弥斯。

在基督教船上高挂海盗和杀手的旗帜。因此最要紧的是，教会须以教条法令，君主须以利剑，基督教和伦理派须以墨丘利神杖，将那些拥护以上渎神的罪行邪说逐入地狱。在对宗教的忠告方面，应当首推圣徒雅各〔耶稣十二门徒之一。〕的话："人的怒气并不能成就上帝的正义。"也可借鉴另一位先哲的精妙言论："凡是对他人良心施压者，往往都是在为自己谋私。"

论无神论

笔者宁愿相信《圣徒传记》《塔木德经》和《古兰经》中的那些虚构寓言，也不愿相信宇宙中没有神灵。❶

上帝无须说服无神论者，因其创造的自然万物都是无神论站不住脚的证据。确实，容易相信无神论的人多半对哲学一知半解，深谙〔非常透彻地了解，熟悉内中情形。谙：ān〕哲学者则更倾向于信神。究其原因，人一旦沉浸于互不相干的第二动因〔古希腊哲学家亚里士多德提出"第一动因"，指一切事物最后的目的和运动的最终原因。他认为运动是永恒的，因此必然有永恒的原因。这个原因本身不能再是运动的，否则就得再找个更高一级的动因。此处的"第二动因"便

MINGSHI DAODU
名师导读

❶《圣徒传记》是由热那亚大主教雅各布斯·德沃拉日勒所编著。《塔木德经》是犹太律法、思想和传统的集大成之作，以后各个时代的判例和新思想都汇入其中。《古兰经》是伊斯兰教的圣典。这三本巨著的影响力和地位着实不低，这里可见作者对上帝的虔诚信仰，开篇即点明文章中心思想。

❷ 原子论学派因其观点的科学性而被世人称为最接近无神论，亚里士多德学派的观点却比原子论学派的说法更偏向于无神论，这一比较，恰好说明了无神论的站不住脚。

是由此而来。〕，便会令思想停滞不前，而若是意识到这些第二动因间其实有着密切的联系，便可使思想飞向天道与上帝。

除此之外，即便是那个被世人评判为最接近无神论的原子论学派，也都是神灵存在的最好佐证。原子论学派认为，大千世界的美丽与秩序是由动态且无限小的粒子建构而成，无须神的支配；而亚里士多德学派则认为世界是在四种可变元素和第五种不变元素巧妙而永久的结合下产生的，其中无神的操纵。显而易见，后者的说法要比前者的更接近无神论。❷

《圣经》中说："愚者在心中说没有上帝。"但愚者心里所说并不一定为其心中所想，因此这无法说明他就真的不相信上帝存在，在没有其他证据的情况下，反倒是相信的可能性更大些，毕竟除了借无神论谋私利的人外，没有人会否认神的存在。无神论者一再强调自己的观点，仿佛颇为心虚，才总是寻求别人的认可和赞同。终究，无神论者也只是嘴上说说，心里对无神论的信仰并没有那么坚定。而且不难发现，无神论者也和宗教的教派一样广招信徒；更有甚者，他们宁可为无神论吃苦受累也不愿放弃这个信念，可他们若是真不相信神的存在，又何必自我折磨呢？〔毫无根据的说法、不坚定的信仰、南辕北辙的行为，无神论者站得住脚吗？这一段承上启下，既进一步反驳了无神论这种信仰，又开启下文对有神论的论证。〕

伊壁鸠鲁认为神是存在的，只是神为了图自己快活而不顾芸芸众生罢了。这一观点引起世人不满，还被认为是伊壁鸠鲁自己不相信神的借口与掩饰。然而，世人的非议不过是毁谤，毕竟伊壁鸠鲁的思想是很崇高的，他曾说："否认世人眼中的神之存在并非亵渎，用世人的偏见去认知神灵才是。"恐怕连柏拉图也难说出比此更精妙的话来。然而，尽管伊壁鸠鲁大胆地否定了神的职能，却依旧没胆量否认神的存在与本质。〔因为当时神的观念广泛流行，伊壁鸠鲁无法解释神为什么不存在，但他深信神自身并不过问人世的事情，

并认为通神、占卜以及信仰天命等行为纯粹都是迷信。因此伊壁鸠鲁是无神论者，被认为是西方第一个无神论哲学家。〕

西印度群岛的人们不知上帝之名，却给自己崇拜的神都取了名字，而且尽管欧洲的异教徒没有“神”这种说法，也有“朱庇特”“阿波罗”“马尔斯”之类的称呼。可见即使是未开化之人也有神的概念，只是对神的存在尚不明确而已。所以在反对无神论这一方面，连野蛮民族也会跟逻辑缜密的哲学家站在同一阵线。喜爱沉思的哲学家确实少见，即便有叫得出名字的诸如迪亚哥拉斯〔希腊哲学家和诗人，被视为无神论者。因被指控对神灵不敬而被迫逃离，最终死于科林斯。〕、彼翁〔即里斯提尼斯的彼翁，希腊哲学家，以语言嘲讽神明，曾嘲笑人性愚蠢、讽刺宗教。〕、卢奇安〔古希腊讽刺散文作家，曾在作品中讽刺过宗教问题。〕等人，也大多名不副实，只是因为质疑传统宗教和迷信而被划到“无神论”的阵营罢了。其实，绝对的无神论者都是伪君子，他们对圣物高谈阔论，却不带一丝情感，最后也终将变得麻木不仁。

无神论的产生原因有很多，其因之一便是宗教分裂。任何一种大的宗教分裂总会给分裂双方带来格外的热情，而一旦分裂的教派过多就会有无神论出现。❶其因之二是神职人员的丑闻，正如法国教士圣贝尔纳所说的：“已不能说神职人员与世人是一样的了，因为神职人员比世人要败坏得多。”其因之三是亵渎圣物的不良风气，这种盛行的风气正在逐渐损害宗教的尊严和威信。最后是学术繁荣的时代，这种时代和平而稳定，但只有动荡与不安才更能使人信仰宗教。

无神论会使人类的高贵不复存在，因为人类在肉体方面本就与其他动物大同小异，如果在精神上再不向神灵靠近的话，那便与低级卑贱的兽类无异。无神论也可以毁掉人的高尚品质，阻止人的自我升华。以犬类作比，当它意识到有人收养自己时，就会显出无比的勇气；人之于狗，就是神灵或高级生命般的存在。若是没有一种对更高级生命的信任与依赖，犬类又怎么能具备那样的勇气呢？人其实亦然，只要依赖于神的庇佑与恩惠，便能获得一种人性本身不具备的力量和信仰。〔作者此处以“人与狗”的关系作喻，意在表明神乃人的力量和勇气的来源，殊不知独立才是人的力量所在。〕

无神论在各个方面麻烦不断，在这点上也不例外，它剥夺了人类克服脆弱和自我升华的手段。如此道理不仅适用于个人，也适用于整个国家。罗马可谓世间最伟大的国家，而关于这个国家，西塞罗这样说道：“诸位议事官，我们可以为自己感到自豪，尽管我们不比西班牙人口众多，不如高卢人身强力壮，赶不上迦太基人足智多谋，也不像希腊人多才多艺，就连对这片土地和这个国家的热爱，我们都不及土生土长的意大利人和拉丁人，但是论对宗教的信仰和虔诚，我们的智慧足以胜过其他一切国家和民族——我们知道神乃万物之主。”❷

论迷信

哪怕是对上帝一无所知，也好过对上帝妄作评论。因为一无所知只是不信神，妄作评论却是

MINGSHI DAODU

名师导读

❶ 大的宗教一旦有分裂的趋势，那么分裂双方都会抓紧时机，争取更大的势力，然而这种争斗的风气必然会令其他人自立门户的心更加蠢蠢欲动，等到宗教都四分五裂的时候，还能信哪个神呢?

❷ 根据罗马神话传说，特洛伊人败给希腊人后，维纳斯女神的儿子埃涅阿斯及其追随者逃出来，沿北非西行穿过迦太基，来到古意大利，后来埃涅阿斯的后人在此建立了罗马。通过与各个国家或地方的人的对比，意在表明是宗教信仰令罗马在各方面不如他国的情况下，发展壮大的。

在亵渎神。其实，对上帝的迷信也是种亵渎。普卢塔克就曾说过："宁愿世间没有普卢塔克的存在，也不愿人们一提及普卢塔克，就觉得他是食子的恶魔。"正如诗人们说起萨图恩那样。❶并且，由迷信导致的渎神越严重，世人便越受其害。无神论的存在使世间有了理智、哲学、法律、亲情和信誉，这些都指引世人走向外在的美德；而迷信却会使人盲目迷失，在人心中建立起绝对的专制统治。由此可见，信奉无神论的人从未扰乱过政治，因为它教人独善其身，无暇〔没有空闲。〕顾及世事，甚至还创造过像奥古斯都时代等无神论的太平盛世；而迷信却扰乱过许多国家，它招致了新的"第十层天"，扰乱了国家的正常运转。〔"第十层天"出自世界上第一个行星体系模型"地心说"，即地球之外有九个等距天层，由里到外的排列次序是：月球天、水星天、金星天、太阳天、火星天、木星天、土星天、恒星天和原动力天，再加上地球天，共十层天。而这里的"新的'第十层天'"指的是欧洲中世纪的经院哲学派。〕迷信的主体是民众，且迷信之中都会有本末倒置〔比喻把主次、轻重的位置弄颠倒了。〕的行为，即让愚者来指引智者，让理论去适应实践。在经院派理论盛行的特兰托宗教会议〔天主教在意大利特兰托举行的宗教会议。历时十八年之久，

MINGSHI DAODU
名师导读

❶ 普卢塔克，罗马帝国时期希腊传记作家、伦理学家。萨图恩，罗马神话中最古老的神祇之一，与希腊神话中宙斯之父克洛诺斯混同。推翻父亲上位的第二代众神之王克洛诺斯曾被父亲预言，自己也将被孩子推翻，于是待子女一出生，克洛诺斯便将他们吞进肚子里。

时断时续，其目的是反对宗教改革运动，维护天主教的地位和教皇的最高权威。〕上，一些高级教士曾严肃地指出，经院派学者就像某些天文学家一样，编造出许多玄乎其玄的假想道理，用以解释教会的所作所为。

造成迷信的原因不外乎以下几点：刺激感官的宗教仪式；流于表面的虔诚信仰；过分受尊重而加重教会负担的传统；高级教士为己谋私而要弄的计谋；对足以打开“标新立异”大门的良好用意的偏爱；以人事度天意而致乱念杂生；还有那灾难横生的野蛮时代。

犹如过于像人的猿猴更显丑陋，迷信欲借宗教遮掩，反而更加不伦不类。迷信一旦没了遮掩便显出其丑陋之形。而且正如鲜肉会腐烂而滋生蛆虫，良好的教规德行也会因此堕落成繁文缛节〔过分烦琐的仪式或礼节。缛：rù〕。但如果世人对以前的迷信避之如洪水猛兽，就会因避免迷信而导致迷信。所以，改善迷信现状要像用药治病般小心谨慎，不可矫枉过正，若是此事交于平民之手，想必他们多半会犯这种错误。

名师赏析 MINGSHI SHANGXI

迷信会导致无知和愚昧，而迷信在很大程度上是由不正常的宗教信仰所导致的。如果宗教非但不能统一，还四分五裂，那么无神论就会大行其道。可见宗教统一、迷信、无神论这三者有着紧密的内在联系。就以作者当时所处的社会环境而言，这三篇的所言所论都有丰富的蕴涵，揭示了深刻的道理。

好词好句 HAOCI HAOJU

神祇　敦促　大动干戈　殊途同归　亵渎　深谙　无暇

延伸思考 YANSHEN SIKAO

1. 在培根的时代，宗教是大多数西方国家维系的纽带，而现在时代已经发展，你觉得宗教的地位又有了怎样的变化呢?
2. 结合实际生活，不妨思考一下自己对《论无神论》以及宗教信仰的看法。
3. 在科学盛行的今天，我们从小被教导着“远离迷信”。读完《论迷信》后，你对迷信又有什么新的认识呢?

二十、自然之化

论预言

论预言，本文论的却不是神之启示，不是异教徒之占卜，亦不是大自然的征兆，而是世人记忆中无缘无故出现却偏偏一语成谶〔指将要应验的预言、预兆，一般指一些凶事，不吉利的预言。谶：chèn〕的预言。

女巫曾对扫罗言："明日，你与你的儿子们将与我同在。"此话应验。〔此预言实则出自撒母耳之口。《旧约·撒母耳记上》第28章描述，以色列王扫罗让女巫招来已故先知撒母耳为其预言。预言在第31章中实现，在以色列人与非利士人的争战中，扫罗和他的三个儿子皆战死。〕

维吉尔借用荷马的诗句："所有的国土都将归埃涅阿斯人所有，会传给他的儿子的儿子，乃至后世的子子孙孙。"此诗似乎正是罗马帝国兴起的预言。〔诗句出自维吉尔的《埃涅阿斯记》。相传特洛伊战争后，埃涅阿斯出逃，其后人得以在意大利建立罗马，埃涅阿斯也因此被称为种族缔造者。〕

悲剧作家塞内加曾写过这样的诗：

某一天，在遥远的未来，
世界将不再受大海束缚，

辽阔的陆地会陆续出现，

极地图勒〔即极北地区，通常被古代地理学家认成是一个岛。〕将不再是边界。

此诗也似乎预示了美洲的发现。

波利克拉特斯的女儿曾梦见朱庇特给其父沐浴，阿波罗为其父涂油，果不其然，后来波利克拉特斯被钉在十字架上，遭受着日晒雨淋。❶

马其顿国王腓力二世梦到妻子的肚子被自己封了起来，于是便解梦说其妻将无法生育，但是预言家阿里斯坦德却告知腓力二世，说他妻子已怀有身孕，因为人们通常是不会把空的器皿加封的。后来腓力二世之妻果真诞下子嗣。

布鲁图的营帐中曾出现一个鬼魂，并有言："来日你我会在腓力比相见。"而布鲁图确实在腓力比战败并自杀身亡。

提比略对加尔巴说过："有朝一日，你也定会尝到为人君主之滋味。"❷

在韦斯帕芗的时代，东方曾流传着一种预言，即来自犹太地的人将统治世界。虽然这在很大程度上指的是救世主耶稣，但塔西佗却认为是韦斯帕芗，而韦斯帕芗确实统率军队镇压了耶路撒冷的犹太人起义。

在遇刺的前一夜，图密善梦到自己颈背上长出颗金脑袋，之后他的后继者们果真创造了罗马帝国的"黄金时代"。〔图密善死后，涅尔瓦接掌帝位，是为五贤帝时代之始，开创了罗马近百年的盛世。〕

英王亨利六世说起那个为自己端水的儿子，有言："王冠受众人争夺，而这孩子就是将佩戴王冠之人。"这个孩子便是后来的亨利七世。

在法国时曾听人说，法国的王太后〔指法王亨利二世之妻。〕信仰占星术，曾伪装身份请占星术士替丈夫算命，术士预言她丈夫将死于一场决斗。王太后闻言不以为意〔表示对人、对事抱轻视态度。〕，反而哈哈大笑，不相信会有人敢挑战曾经的国王。然而后来她丈夫在与卫队长蒙哥马利交手时，被后者的枪柄裂片刺入面罩，结果一命呜呼。

伊丽莎白女王风华正茂时，民间流传着妇孺皆知〔妇女、小孩全都知道。指众所周知。〕的预言：麻线纺成之时，便是英格兰灭亡之日。此预言是在说，都铎王朝的统治结束后，英格兰就将覆灭；然而幸亏预言只说对了一部分，“英格兰”确实不复存在了，如今国号已变更为大不列颠。❸

一五八八年之前还曾流传过一则至今仍令人费解的预言：

有朝一日定可见，
巴岛与梅岛之间，
挪威黑舰将出现。
待到舰队踪迹灭，
英格兰把土木建，
自此战停罢刀剑。

民间则普遍认为此则预言正指的是一五八八年进犯的西班牙舰队，并且据说当时西班牙国王的小名就是挪威。雷格蒙塔努斯〔德国数学家、天文学家，曾精确地观测到一颗彗星，两百年后被证实为哈雷彗星。〕也曾预言：“一五八八年应是奇迹年。”此话也在西班牙大舰队的远征中得到验证，那是有史以来最大最强的舰队。

MINGSHI DAODU

名师导读

❶ 波利克拉特斯，古希腊著名的僭主，统治萨摩斯岛。他表面上尊重法律，暗地里不时干着海盗的勾当，千方百计为自己聚敛钱财。后来波斯行省总督奥罗特斯将其诱骗，钉于十字架上的波利克拉特斯被活活折磨致死。

❷ 传说在加尔巴小时候，奥古斯都曾对他说过：“孩子，将来你也会尝到我的权力的滋味。”后来的提比略听说这一预言，只是附和了一句：“好哇，反正等到那一天，他也与我们不相干了。”

❸ 英国都铎王室成员中有 Henry VII（亨利七世）、Edward VI（爱德华六世）、Mary I（玛丽一世）、Philip II（腓力二世，即玛丽一世的丈夫）、Elizabeth I（伊丽莎白一世），这些人名字的首字母连在一起就是 hempe（麻）。

MINGSHI DAODU
名师导读

❶ 柏拉图在其著作《对话录》中，记录着由他的表弟柯里西亚斯所叙述的亚特兰蒂斯（大西岛）的故事，并且柯里西亚斯曾在对话中三次强调亚特兰蒂斯的真实性。在书中大西岛被柏拉图描绘成理想国，后来被大海吞没。

❷ 法厄同是太阳神赫利俄斯之子，相传年轻的他曾驾着父亲的太阳车却无法控制马匹，致使世界各地都着了火，最后宙斯一道闪电将法厄同击落，遏制了火势。

❸ 从经验和地理两方面论述观点，足见作者思维缜密。

说到克里昂所做之梦，便有些可笑了。他梦到自己被一条巨龙吞噬，调侃的人认为这巨龙实则是令克里昂烦恼的腊肠贩子。

把梦境和占星术士的预测都算进来的话，这样的例子简直数不胜数，笔者也不过只论述了其中尚有据可循的那些。对于这些预言，不可过分相信，只能当冬日的炉边闲谈罢了；但是，无论信与不信，都不可任预言变成流言甚至谣言，在这一点上，许多国家都已在法律上明令禁止。

预言之所以广为人们接受并相信，原因主要有三，其一，无论是预言还是梦兆，人们记住的往往都是应验的那些，而对落空的情况都不太注意。其二，部分预言其实是有依据的预测或者似是而非的传闻，之所以发展成预言是因为人们爱预测的天性，他们觉得把推论当成预言来讲也并无大碍。塞内加的那段预言诗正是如此，其实当时已有很多理论可以证明地球上还有除大西洋之外的区域，并且这些区域很有可能不是海洋；而且柏拉图在《蒂迈欧篇》和《亚特兰蒂斯篇》中也有对大西岛的描述，这些都令人们慢慢将塞内加的推论当成了预言。❶其三，也是最主要的一点，实际上，不计其数的预言都并非是事先的预测，不过是一些无聊又爱耍小聪明之人事后捏造出来的。

论世事之变迁

所罗门道："世间没有新事。"他还曾说："所谓新事，不过是被遗忘的旧事。"柏拉图也认为"世间的知识都是回忆罢了"。由此观之，忘川〔即希腊神话中的勒忒河，又称遗忘之河，饮一口河水便能忘记前世种种。〕不仅流在冥间，也流在人间。

一位深沉的占星学家曾言："世间万物中唯二者永恒不变，一是永远等距运转的恒星，二是永远规律按时的周日运动〔是描述地球上的观测者每天观测到天空上的天体明显的视运动状态，地球的自转使然。〕。"诚然，万事万物皆处于永恒的运动发展中。

洪水和地震是世上的两大块裹尸布，能将一切事物都埋进忘川；而火灾和旱灾虽能造成一定的破坏，但不会使人类灭绝。须知法厄同的车也就跑了一天；以利亚时代的三年大旱也只是区域性的，人类最终挺了过来；西印度常遭雷电引起的大火，却也并不是漫无边际地燃烧。❷ 在洪水和地震中，并非无人生还，只是幸存者多为无知的山野村民，他们受能力所限无法对过去做任何记载，之后历史便湮灭在时间长河中而不为人所知。其实仔细研究便不难发现，西印度民族是个比旧大陆各民族都年轻的民族。虽然埃及的祭师曾说地震是大西岛沉没之因，〔此为《论预言》中的大西岛沉没之说。〕但是为西印度带来灭顶之灾的更可能是洪水。因为那一带少有地震，却有比亚、非、欧的河流浩瀚得多的大洋；而且那里的安第斯山也比欧洲的山脉高得多，山上居民可能是洪水中幸存者的后裔。❸

马基雅维利认为宗教战争使往事被遗忘，并且诽谤格里高利教皇曾不遗余力消灭异教的古迹。不过笔者却觉得宗教狂热还不至于有如此大的影响，更何况也没有持续多久，格里高利之后的萨比尼安教皇就把原来的古迹恢复了。

这里并不打算讨论天体变化，但如果真有所谓的地久天长，那么柏拉图所说的“大年”〔指世界从起点重新开始的那一年。〕或许真会应验。不过这种应验并非能给个体带来新生（有些人认为天体对世间万物都有着精确的影响，实际却并非如此），而是使整个世界循环往复。彗星无疑对事物也有这样的影响力，但人们只会观察其运动过程，却不会用心了解其具体影响，即人们观察到彗星的类型、大小、颜色、光线变化、在天空的位置或持续的时间，却没有从观察中对彗星的影响加以了解。

据说有人在低地国家〔参见《论贵族》一文。〕曾看到一种称为“本初”的现象，即寒霜、多雨、干旱、暖冬和凉夏等天气或现象每隔三十五年就在当地重现一次。笔者回顾过去时竟也发现有过类似的现象。

自然之变化暂且说到这里，接下来谈谈人世间之变迁。宗教主宰人心，因而宗教的更替是人世间最大的变迁。真正的宗教立于稳固的磐石上，其余的宗教则都颠簸于时间的风浪中。〔极言宗教变革影响巨大。〕在如此巨大的宗教更替面前，人类的见识显得如此渺小，故而笔者只谈谈新教派的成因，并对如何阻止宗教的巨大变革略提一些建议。

当现有的宗教因内讧〔内部由于争权夺利或利益等原因而发生的冲突或战争。讧：hòng〕而四分五裂，当神职人员日益腐败、丑闻不断，当世风日下、人心不古，这时再来一个人发表新奇而夸张的教义并自封领袖，一种新的宗教恐怕就要上台了。穆罕默德就是在上述情况都满足时宣布了其律法。此外，新教派的传播还必须具备以下两条性质，一是要取代或反对现有的权威，这种做法最能鼓动民心；二是要允许教徒们吃喝玩乐、醉生梦死，毕竟尽管有些异端邪说能妖言惑众，但若没有政治事件的力量，他们也难成气候。

有三种建立新教派的方式，一是以神迹或奇迹为由，二是靠高超的说教口才，三是借助武力。以身殉教和圣洁生活算得上是以奇迹建立新教的手段；前者之举超越了人性的力量，后者之行当真至高无上。

论及防止宗教分裂和新教兴起方面，教会应该兴利除弊，化解分歧，行事温和，避免暴行，以说辞、好处将异教发起人化为己用，而不是以敌对、仇视与之短兵相接。❶

战争之变化大大小小，不计其数，但主要包括三个方面：地点、武器和战术。古代战争大多由东方的波斯人、亚述人、阿拉伯人和鞑靼人发起，因而战争似乎是由东向西进行的。历史上西方的高卢人仅有过两次侵略，一次是入侵加拉西亚，一次是入侵罗马。不过天空中并没有东西方的划分界限，所以战争是从东到西还是从西到东，后来也就不再有固定的说法。〔古代以北极星为北辨识南北方位，而无星宿标志东西，所以说没有对东西的固定说法。〕但南北方的位置明确，而在众多的南北战争中，少有南方侵略北方。可见北方地区是天生好战的地区，这种现象可能与北方的星象有关；可能是因为北方陆地广阔，而南方却几乎全部是海洋；也极有可能是因为北方是寒冷地区，而这种寒冷往往使人无须训练就能身

MINGSHI DAODU
名师导读

❶ 从社会风气、传播条件和建立方式几方面来论述宗教变革——新教派的成立。

强体壮，勇气非凡。

一个大国的分崩离析会导致战争爆发。帝国强盛时往往都会削弱被其征服民族的武力，并且统一帝国的防御力量；所以当帝国式微时，其下的各民族也逐渐没落，进而成为被侵略的对象。罗马帝国和查理曼帝国的衰落正是如此，一旦西班牙帝国分裂，它恐怕也难逃这样的命运。多个国家的结盟或合并会导致战争的爆发。过于强盛的超级大国就像洪水，势必要泛滥，历史上的罗马、土耳其、西班牙以及其他一些国家都是这样。〔以洪水为喻，洪水力量强大，一旦泛滥，后果将不堪设想。联盟而成的国家亦是此理。〕如果世上仅有少数未开化的民族，并且他们因不懂谋生之道而不愿结婚育子，人口便不会泛滥。但是如果民族人口多却仍不顾生存之道，繁衍不息，每隔几代就必须得转移部分人口以缓解人口压力。而对于转移人口，古代北方民族常用抽签的方式来决定是去是留。尚武之国的衰弱也会导致战争爆发。这样的国家在军事实力衰弱的同时往往会变得富裕起来，因此被其他国家虎视眈眈〔形容贪婪地盯着，随时准备掠夺。〕。

至于武器的变化，没什么可以遵循的规律，不过仍可回顾其演变过程。早在印度的奥克斯拉斯城之战中火炮就出现了，马其顿人早先将其称作雷电或魔法；而早在两千多年前中国人就使用了火炮。武器应当射程远，远距离攻击而使自己远离危险，火炮与步枪正满足此条件；应当攻击力强，大炮在这方面遥遥领先；应当使用方便，搬运便利，操作简易，使用不受天气状况限制。改进武器时也应当追求这三点。

关于战术，起初人们对排兵布阵一无所知，兵力和士气才是打胜仗的关键因素。那时往往是双方约定日期和地点，然后在战场上公平地决出胜负。后来人们逐渐意识到战斗力的质量比数量更重要，并且也开始学着抢占有利地形，并懂得了更多的战略战术和指挥技巧。

于国家而言，青年时期武力最盛，壮年时期学术最昌，之后迎来文武昌盛，最后在衰落的晚年时期工商业繁荣。就学术来说，它也会有幼稚的童年期，之后迎来意气风发的青年期和养精蓄锐的壮年期，最后步入年老力衰的暮年期。世事变迁的年轮永远转动，看久了难免有晕眩之感。至于其转动之理，不过是一个循环的谎言，本文不宜多加讨论。

名师赏析 MINGSHI SHANGXI

沧海桑田，世事变迁。万物皆运动，每时每刻都不曾停歇。世事的永恒转动或许有着它自己的规律，但却无从找寻。当出现先有言而后实现的情况时，人们惊讶于预言的魔力。却不曾想过这究竟是未卜先知的能力还是人云亦云的谣传，不过作者早就看破这一点——多是因为事后诸葛亮的存在。

好词好句 HAOCI HAOJU

一语成谶　不以为意　妇孺皆知　内讧　虎视眈眈

世事变迁的年轮永远转动，看久了难免有晕眩之感。

延伸思考 YANSHEN SIKAO

1. 你有没有曾经预言过什么事情？预言实现了吗？回顾《论预言》，是不是觉得很神奇呢？谈谈你的感受吧。
2. 你同意《论世事之变迁》结尾处所说的“至于其转动之理，不过是一个循环的谎言”这句话吗？

《培根随笔》读后感

大散文家、哲学家培根文笔斐然，对问题的见解更是深刻独到。他的散文或吟咏哲理，或援引典例，或含而不露，或一针见血，皆具有浓厚的时代气息，给读者以丰富的阅读体验。每一篇文章中的每一句话都值得反复咀嚼，其中的道理更是应该细细品味。

培根在言理。每一篇散文都在“论”，论是辩证的思想。无论是政治、经济、宗教，还是爱情、婚姻、伦理，又或是艺术、教育、法治，培根都有道理可讲，有观点要辩。他似乎是个无所不知的人，学识渊博又人情练达。

培根在讲史。说理须佐以有力论证，巧妙的生活经验固然能动之以情，毋庸置疑的事实论据才最能晓之以理。细读文章不难发现，不管是英国、法国、罗马、西班牙、土耳其等国的历史，还是圣经、希腊神话和罗马传说，又或是各种名人志士以及他们的书籍和言论，培根无一不是信手拈来、出口成章。他深厚的人文素养实在令人景仰。

培根写下了文学。即使边说理边讲史，培根也能做到给人带来“虽无雨滴飘落，却闻得阵阵清香”的心旷神怡之感。论理时不乏生动形象的比喻、对比，讲史中也总能看到风趣幽默的引用、化用。语言优美而不落窠臼，读起来朗朗上口，意犹未尽。

培根创造了艺术。虽是文学，犹言艺术。生活其实也是一门高深的艺术，培根以其独特的智慧，将他对各个领域和方面的认识、看法或收获分享给大家。他把自己的生活感受提炼出来，用文字将其化为无形的艺术。因此，《培根随笔》虽是成书于数百年前，却不曾因时光流逝而失去色彩，很多观点放于现在来看仍不失为真知灼见。

由此观之，《培根随笔》应是那些值得“含英咀华，精读全篇并认真体会”的书目之一。

大家天天读

— 培根随笔 —